Yoyo van Gemerde

LUST & LOLLYPOPS

ZILVER POCKETS
UITGEVERIJ SIRENE

Zilver Pockets® worden uitgegeven door Muntinga Pockets,
onderdeel van Uitgeverij Maarten Muntinga bv, Amsterdam

www.zilverpockets.nl

Een gezamenlijke uitgave van Muntinga Pockets, Amsterdam en
Uitgeverij Sirene, Amsterdam

www.sirene.nl

www.yoyovangemerde.nl

http://yoyovangemerde.hyves.nl

Dit boek is eerder verschenen onder de titel Zoet!

ISBN 978 90 417 6234 4   NUR 313

Proloog

Hij knipte de lamp op zijn bureau aan, pakte de envelop uit de geheime la en haalde er behoedzaam twee foto's uit. Op de eerste, vergeeld en met kartelrandjes, stonden twee vrouwen. De ene, een blondine, droeg een wijdvallende India-jurk, het bovenlijfje een en al spiegeltjes en kraaltjes. De andere, haar ogen verborgen achter een zonnebril met ronde groene glazen, had een vormloze flaphoed op, waar haar bruine haar onder vandaan kwam. Het viel tot over haar schouders. Met hun armen om elkaar heen keken de vrouwen lachend in de camera.

De tweede foto, een wazige afbeelding van een meisje met rode krullen, was van recenter datum. Met trillende wijsvinger ging hij langs haar silhouet. In gedachten vouwde hij zijn handen om haar hals en kneep tot ze het uitschreeuwde van angst en haar lichaam langzaam slap werd.

1

Met twee volle boodschappentassen en een stokbrood onder m'n arm geklemd, loop ik langs mijn atelier op de begane grond, de trap op naar de keuken. De plastic hengsels snijden in mijn handen en het zweet gutst in straaltjes van mijn gezicht. Een verstandig mens doet dit in etappes, bedenk ik me. Zeker met zo'n slechte conditie als de mijne. Met enige schaamte denk ik aan de sportschoenen die al geruime tijd in de kast liggen, ongebruikt en smetteloos wit.

Wanneer de telefoon rinkelt, neem ik één grote stap om de laatste twee treden te overbruggen, waardoor ik bijna onderuit glijd. Ik kan me nog net met mijn volle gewicht tegen de muur drukken, maar het stokbrood valt zachtjes bonkend naar beneden. Terwijl ik me hardop vloekend verder haast, springt mijn antwoordapparaat aan.

'Hallo Manuela,' galmt het vanuit de huiskamer. Ik herken de stem van Allard, mijn galeriehouder. 'Ben je thuis?'

Ik laat mijn boodschappen op de overloop liggen en trek een sprintje naar de telefoon.

'Allard!' roep ik hijgend in de hoorn.

'Rustig aan,' lacht hij. 'Fijn dat ik je aan de lijn heb, ik heb goed nieuws.'

'Gaat het door?' vraag ik met bonzend hart. Over anderhalve maand valt er een gat van drie weken tussen twee exposities in en ik heb Allard bijna gesmeekt of ik die mocht opvullen.

'Ja, ik heb de knoop doorgehakt: jij krijgt je solotentoonstelling.'

Yes! Dit is mijn grote kans. Niet gek voor iemand die net van de kunstacademie af komt!

'En ik heb nog een nieuwtje,' vervolgt Allard. 'Maan, houd je vast.' Hij laat een stilte vallen. 'Er zijn vanochtend vier werken van je verkocht,' meldt hij dan triomfantelijk.

'In één koop?' vraag ik verbaasd. 'Welke?'

'Twee van je vrouwelijke naakten, die op klein formaat, en de laatste twee stukken uit je *Candy Art*-serie, je snoepbeelden: *Sweet dreams* en *EQ*.'

Sweet dreams is een gipsen buste van een vrouw, wier hoofd omcirkeld is met roze, rode en oranje draden. *EQ* is een afgietsel van twee borsten, waar op de plek van het hart concentrische draden in paars en wit zijn aangebracht.

De *Candy Art*-serie was mijn afstudeerproject. Ik maakte afgietsels van vrouwenlichamen, die ik met behulp van een suikerspinmachine omwikkelde met draden in alle kleuren van de regenboog. Om de draden van suiker te conserveren, moesten er heel wat spuitbussen lak overheen en dan nog moeten ze voorzichtig vervoerd worden. Maar ze verkochten goed, met als resultaat dat ik wat aandacht van de media kreeg én werd opgenomen in de stal van Allard.

'Wie is de koper?' vraag ik nieuwsgierig.

'Daarop moet ik je het antwoord schuldig blijven. Hij of zij wil anoniem blijven. De transactie is zelfs via een tussenpersoon verlopen, iemand met een goede naam in de kunstwereld. Natuurlijk heb ik geprobeerd uit te vissen wie erachter zit, maar de tussenpersoon hield zich strikt aan zijn instructies.'

'Wat geheimzinnig.'

'Ja. Maar ik heb het vermoeden dat het om een verzamelaar gaat, die in jouw werk een potentiële investering ziet. Maan, dat betekent dat je op de kaart staat én dat de grote jongens nieuwsgierig naar je zijn.'

Mijn hart begint van opwinding nog harder te bonken.

'Jouw carrière krijgt een vliegende start, en dat is hoe ik het graag zie. Vooral als het om een protégé van mij gaat. Vanmiddag stuur ik meteen een persbericht de deur uit,' zegt hij voor hij ophangt. 'Ik fax het je wel even.'

Allard heeft een gigantisch netwerk dat hij met zorg onderhoudt. Hij staat bekend als 'de man die hypes kan creëren'. In het openbaar distantieert hij zich daarvan. 'Hype?' roept hij vaak. 'Hype is gebakken lucht, het gaat om kwaliteit en integriteit.' Maar volgens mij geniet hij in stilte van zijn imago én van de macht die dit met zich meebrengt.

Met een grote grijns op mijn gezicht berg ik de boodschappen op. Het stokbrood, dat op een zielige komma lijkt, gaat de vuilnisbak in. Dan vul ik de waterkoker, scheur met mijn tanden het plastic van een pak gevulde koeken en neem gretig een hap. Voor mij geen dieet. Nooit meer. Na verschillende afvalpogingen, waarbij ik weliswaar slanker werd, maar na een paar maanden molliger was dan ooit tevoren, omhelsde ik het motto: niks mis met een vrouwelijke vrouw. Dus gaat ook de tweede koek er zonder schuldgevoel achteraan. Eerst de harde randjes en als laatste het rondje zachte spijs.

Met een mok dampende thee loop ik naar de huiskamer en kijk tevreden rond. Naar de rode loungebank met roze kussens, het cirkelvormige glazen bijzettafeltje dat ik voor een prikje op Marktplaats.nl heb gekocht. De oude leunstoel die ik met koeienhuid heb laten bekleden, en daarboven de ovale spiegel met een gouden lijst, waarin een foto van Therese is gestoken. Therese, mijn tante, de jongere zuster van mijn vader, mijn steun en toeverlaat.

Tegen de crèmekleurige muur staat een antieke Chinese laktafel, afkomstig uit mijn ouderlijk huis. Er staat een foto van mijn ouders op. Mijn moeder draagt een rood mantelpakje met een vierkante hals, mijn vader is in zijn nette pak. Het is de laatste foto die van hen is gemaakt. Ze gingen naar een feestje. Een feestje waarvan ze nooit meer zijn thuisgekomen: ze werden aangereden door een vrachtwagenchauffeur die de macht over het stuur had verloren. Mijn moeder was op slag dood, mijn vader stierf in de ambulance op weg naar het ziekenhuis.

Ook al is het bijna tien jaar geleden, ik was pas zestien, herinner ik me de schok en het verdriet nog als de dag van gisteren. Het afschuwelijke gevoel dat mijn wereld, de wereld zoals ik die kende, op hield te bestaan.

Therese, die op vakantie was in New York, pakte het eerste vliegtuig terug naar Nederland. Ze nam haar intrek in mijn ouderlijk huis, omdat ze wilde dat ik in mijn vertrouwde omgeving kon blijven, en loodste me door de zwaarste periode van mijn leven.

Achteraf heb ik pas beseft wat een opoffering dat voor haar was. Therese was de vrijbuiter van de familie. Het ene moment ging ze naar Italië en sloot zich bij een commune aan, dan weer reisde ze een jaartje door Afrika, om vervolgens van de ene op de andere dag styliste in Parijs te worden. Therese durfde en kon alles, alleen was ze snel verveeld. Haar avonturen waren meestal van korte duur. Maar de taak die ze zichzelf ditmaal gesteld had, zorgen voor een puber die net haar ouders verloren had, hield ze wel vol. Ze kookte elke avond, nam me in haar armen als ik huilde en verdroeg geduldig mijn opstandige buien. Dat deed ze twee jaar lang, tot ik mijn diploma van de middelbare school had behaald en aangenomen werd op de kunstacademie. Toen pakte Therese haar eigen leven weer op en kocht ze een hotel op de Veluwe, Hotel Van Houten. En ik? Ik stond voor het eerst van mijn leven op eigen benen en veranderde van een tobberige puber in een jonge vrouw die beeldhouwde en schilderde dat de stukken eraf vlogen, naar wilde feestjes ging en vriendjes had.

Ik maak het mezelf gemakkelijk in mijn fauteuil, neem een slok thee en denk terug aan mijn vijfentwintigste verjaardag, nu een halfjaar geleden. De dag dat het geld vrijkwam uit het fonds dat mijn ouders voor me hadden opgericht. Therese nam me mee uit eten en vroeg me of het onderhand geen tijd werd een eigen huis te kopen. 'Je kan het je nu veroorloven, en die kleine, gehorige etage in de Baarsjes ben je allang ontgroeid. Dat is toch niets voor een volwassen vrouw!' Ze pakte een sigaar uit een zilveren koker, waarbij haar sluike donkere haar over haar schouder viel, om even later met een zucht van genot een rookwolk de lucht in te blazen.

De dag erna belde ik een makelaar en nog diezelfde week gingen Therese en ik met hem op pad. We bekeken Amsterdamse nieuwbouw aan het IJ, monumentjes in de Jordaan, doorzonwoningen in Slotervaart. En een heleboel 'pandjes met mogelijkheden', waar ik liever niet meer aan denk. Niets was naar mijn zin, ik begon er bijna wanhopig van te worden. Tot de makelaar de sleutel in het slot stak van een huis in een rustig hofje in de Pijp. Een hofje met banken, bomen en bloemperken met viooltjes en vergeet-me-nietjes. Een oase van rust in de drukke stad. Maar het was het huis zelf dat mijn hart stal. Het is niet eens groot, breed of diep, maar de gevel is begroeid met blauweregen, de houten deur bewerkt met ornamentjes en het portiek versierd met Portugese tegels. De begane grond en de drie etages erboven hebben bewerkte plafonds, en onder het vervuilde bloemetjestapijt en stoffige kokosmatten lagen de originele houten vloeren.

De zon die door de ramen naar binnen viel, voelde aangenaam op mijn gezicht en gaf het huis een knusse en lichte sfeer. Toen ik vanaf het balkon naar beneden keek, naar de verwilderde tuin die je via de begane grond én via een trap vanuit de keuken op de eerste etage kon bereiken, wist ik het zeker: hier wilde ik wonen.

'Het is wel erg groot voor jou alleen,' merkte Therese op. 'Maar het kan geen kwaad om op de groei te kopen.' Ze knipoogde.

'Ik kan een etage verhuren,' bedacht ik hardop. 'Dat geeft me een regelmatig inkomen, want dit huis zal een flinke bres in mijn bankrekening slaan.'

'Je gaat me toch niet vertellen dat je het huis in één keer wil betalen? Dát moet je nooit doen. Ben je helemaal!' riep Therese om vervolgens een verhaal over hypotheken en belastingvoordeel af te steken. 'Misschien kunnen we nog onderhandelen over de prijs,' vervolgde ze met pretlichtjes in haar ogen. Ze keerde zich naar de makelaar en lachte hem allercharmantst toe. 'Daar kan best wat af.'

Er volgden een paar maanden waarin elektriciens, loodgieters, stukadoors en timmermannen in- en uitliepen. Rommelige maanden vol puin en stof, en ik vroeg me regelmatig af waar ik aan begonnen was. Maar daarna werd het leuk. Echt leuk. De muren in de huiskamer werden roomwit en crème, die van mijn slaapkamer warm rood met goud, en de keuken lime. Ik zocht meubels uit, koos gordijnstof, schafte een kingsize bed aan, maakte draperieën voor het slaapkamerraam en ging me te buiten aan een keukengerei en zelfs een vaatwasmachine. In mijn atelier op de begane grond, liet ik daglichtlampen aanbrengen, voor sombere dagen en voor het geval ik 's nachts wilde werken.

En zo werd mijn nieuwe huis langzamerhand mijn thuis.

Ik ga schrijlings in mijn stoel zitten, laat mijn benen over de leuning bungelen en pak de telefoon. Uit mijn hoofd toets ik het nummer van Stef in. Stef, die ik al ken sinds we kleuters waren en samen in het opblaaszwembadje bij ons in de voortuin zaten. Toen we ouder waren, speelden we tikkertje op het schoolplein en indiaantje in het park. Heel even waren we *highschool sweethearts*, maar dat is alweer eeuwen geleden. Nu is hij mijn beste vriend.

'Stef! Ik heb geweldig nieuws,' roep ik uit.

'Hé, die Maan,' klinkt zijn zware stem. 'Laat me raden. Je krijgt je eigen tentoonstelling?'

'Ja. Goed, hè? Allard heeft me net gebeld en...'

'Wow! Volgens mij ga je het helemaal maken,' roept hij. 'Ik ben trots op je. Als je maar niet naast je schoe...'

'Laat me nou uitpraten,' val ik hem in de rede. 'Er is nog meer. Er zijn vanochtend vier werken van me verkocht. Vier tegelijk!' Ik sluit mijn ogen en zie in gedachten feestelijk geklede mensen met een glas champagne in de hand, die bewonderend voor mijn werk staan. Juichende kritieken en uitnodigingen om in het buitenland te exposeren.

'Hé, Maan, Maaahaaaan!'

Ik schrik op uit mijn dagdroom.

'Mars roept Venus. Mars roept Venus. Even wat anders. Staat die etage van je nog leeg?'

'Er zijn een paar kandidaten. Een medium dat een huis met de juiste trilling zocht, een vrouw met een *datingservice* voor 65-plussers, en de voorzitter van de stichting *Elvis is niet dood...*'

'Echt?'

'Nee, gek! Natuurlijk niet.' Ik kan het niet laten hem te pesten.

Stef lacht zijn bulderende lach. Het kleine magere jochie van vroeger, van wie ik met gemak won met hardlopen en die ik tijdens het stoeien binnen een paar minuten tegen de grond werkte, is uitgegroeid tot een boom van een kerel, type sterke vent annex teddybeer.

'Ik heb misschien iemand voor je gevonden,' zegt de teddybeer.

Die 'iemand' blijkt een meisje te zijn dat Stef vandaag in de supermarkt tegen het lijf liep bij het prikbord. Stef heeft een eigen bedrijfje, hij verkoopt en repareert motoren en is altijd op zoek naar onderdelen voor oldtimers. Het meisje, dat Jessica bleek te heten, had net een advertentie opgehangen dat ze met spoed woonruimte zocht.

'Ze zag er zo ellendig uit dat ik een praatje met haar heb gemaakt, en ze vertelde dat haar vriend haar de bons heeft gegeven. Die vent is verliefd geworden op een ander,' legt Stef uit. 'Maar ze lijkt me een aardige meid. Financieel zit het ook goed, ze vertaalt handleidingen voor printers en zo, dus ik heb haar jouw telefoonnummer en adres gegeven.'

'Want je had je goede daad vandaag nog niet gedaan?' Stef heeft de neiging om eerst te handelen en dan pas na te denken. Daar hebben we in de loop der jaren wel wat keren herrie over gehad.

'Eh, eh,' hakkelt hij.

Ik verlos hem uit zijn lijden. 'Oké, wat mij betreft kan ze me bellen. En als ik haar sympathiek vind, wie weet... Dat zou me de kosten van een advertentie en heel wat tijd en moeite schelen. Dank je, Stef.'

'*That's what friends are for*,' zingt hij opgelucht én vals. '*Keep smiling, keep...*'

De hoorn ligt amper op de haak of hij gaat alweer over.

'Goedemiddag,' zegt een stem.

Of het een mannen- of een vrouwenstem is, is moeilijk te bepalen, het klinkt ver weg, met een lichte echo als bij een satellietverbinding. Maar ik heb het vermoeden dat het iemand op hoge leeftijd is, aangezien de stem een beetje bibberig klinkt.

Er zal toch niets aan de hand zijn met Therese? Ze logeert deze week bij een vriendin in Saint Tropez. 'Met wie spreek ik?'

'Ik kan mezelf niet bekend maken, maar u loopt gevaar.'

'Wat bedoelt u?' vraag ik verbaasd.

'Ik moet u waarschuwen,' gaat de stem verder. 'Er is ooit iets vreselijks gebeurd in uw huis: een vrouw is daar een onnatuurlijke, zeer pijnlijke dood gestorven. Wees voorzichtig, het is er niet veilig.'

Voor ik ook maar iets terug kan zeggen, wordt er opgehangen.

Niet veilig? Een onnatuurlijke dood? Wat bezielt iemand om zo'n idioot verhaal te verzinnen? Ik haal mijn schouders op en besluit het bizarre telefoontje zo snel mogelijk uit mijn hoofd te zetten. In plaats van te piekeren over een anonieme beller, fantaseer ik liever over mijn anonieme verzamelaar.

2

Het persbericht dat Allard me een uurtje na ons gesprek gefaxt heeft, ligt op de keukentafel. De inhoud ken ik inmiddels uit mijn hoofd. 'Anonieme verzamelaar koopt vier werken van Manuela Helt!' luidt de kop in grote, vetgedrukte letters. Het liefst zou ik de fax inlijsten, als een kind dat trots is op zijn eerste zwemdiploma, en boven mijn bed hangen. Maar ik wil mijn mooie rode muur met de twee etsen die vroeger in de slaapkamer van mijn ouders hingen, intact laten. Dus geef ik de fax een prominente plaats op mijn prikbord in de keuken.

In het persbericht staat ook dat ik tegenwoordig naakten op groot formaat schilder. 'Lekkere blote wijven,' zoals Stef ze fijntjes noemt. In mijn atelier heb ik ondertussen twintig doeken op voorraad. Een aantal is van de laatste maanden, maar de meeste heb ik de afgelopen jaren in mijn vorige huis geschilderd, nog voordat ik aan de *Candy Art*-serie begon. Allard en ik hoeven alleen de beste er nog uit te kiezen, dus de stress die gewoonlijk bij een expositie én een deadline hoort, gaat deze keer gelukkig aan me voorbij.

Na mijn avondeten pak ik een appeltaartje uit de vriezer en zet het in de oven. Ik vind dat ik vandaag wel een extra lekker toetje heb verdiend. Niet lang daarna verspreidt een zalige geur zich door de keuken.

Uit de ijskast haal ik slagroom. Lekkere dikke lobbige room. Net als ik er een flinke hap van neem, gaat de deurbel. Het is halfnegen. Wie zou dat zijn? Ik veeg gauw mijn mond schoon en loop de trap af.

In het licht van de buitenlamp staat een meisje. Ze heeft halflang blond steil haar en een kordaat koppie ondanks haar rode huiloogjes. Ik schat dat ze een jaar of twintig is. Ze draagt een wit T-shirt boven een joggingbroek die slobberig om haar heupen hangt.

'Ben jij Manuela?' Ze friemelt aan haar rugzak en steekt dan een tenger handje uit. 'Ik ben Jessica. Stef heeft me jouw adres gegeven.' Ze glimlacht verontschuldigend. 'Het leek me het beste maar gelijk langs te komen. Ik stoor toch niet?'

Haar doortastende actie, duidelijk met de moed der wanhoop, heeft iets aandoenlijks.

'Je stoort helemaal niet,' stel ik haar gerust. 'Ik houd wel van onverwacht bezoek, en Stef heeft me al over je verteld. Kom binnen.' Ik neem haar mee naar de keuken. 'Ga zitten,' zeg ik terwijl ik op de rieten stoelen met zachte kussentjes wijs. 'Dan schenk ik even koffie in.'

Jessica ploft neer en snuift. 'Wat ruikt het hier lekker.'

'Appeltaart. Net uit de oven. Wil je een stuk?'

'Graag, ik heb vandaag nog niet gegeten.'

'Je hebt per direct woonruimte nodig?' vraag ik, terwijl ik de koffie en taart op tafel zet.

Jessica laat haar hoofd hangen en begint verwoed in haar kopje te roeren nadat ze er een suikerklontje in heeft gedaan. Dan tilt ze haar hoofd op, haar grijze ogen kijken de mijne aan. Mooie grijze ogen. 'Het komt erop neer dat Alex, mijn ex, me aan de kant heeft gezet. Hij heeft me twee weken de tijd gegeven om een nieuw huis te vinden, zolang logeert hij bij zijn nieuwe vriendin.' Ze neemt een slok koffie en schraapt haar keel. 'Daarna zet hij me op straat.'

'Wat afschuwelijk,' roep ik.

'Ik kan nergens terecht. Mijn moeder zit in een verpleegtehuis, en verder heb ik geen familie meer. Mijn flatje in Arnhem had ik opgezegd toen ik bij Alex introk, en eerlijk gezegd ken ik nog niet zoveel mensen in Amsterdam. We woonden pas een halfjaar samen.'

In een opwelling leg ik mijn hand op de hare, wat een ware dijkdoorbraak veroorzaakt. Dikke tranen biggelen over haar wangen, haar iele schouders schokken.

'Ik zocht er niets achter dat Alex de laatste tijd veel moest overwerken,' snikt Jessica. 'Hij zei dat er een promotie voor hem aan zat te komen. Tot ik hem betrapte met een andere vrouw. Ik zou gaan lunchen met een opdrachtgever, maar dat ging op het laatste moment niet door en toen ik thuiskwam lag Alex met een blonde vrouw in bed. In ons eigen bed, verdomme.' Ze veegt de tranen weg met de mouw van haar T-shirt. 'Ik ben zo stom geweest. Alex is zo'n man die altijd de nieuwste gadgets moet hebben. De hipste mobiele telefoon, de nieuwste televisie met LCD-scherm. Zijn auto ruilt hij elk jaar in. En dat heeft hij nu ook met mij gedaan, ik ben gewoon vervangen door een nieuw model.'

'Wat een lul. Dat is toch geen stijl, om iemand zo te dumpen.'

Ze krimpt in elkaar bij het woord dumpen, dus praat ik er snel overheen. 'Dat verdien je niet, hoor. En wees maar niet jaloers op die andere vrouw. Háár staat hetzelfde lot te wachten.'

Ze snikt nog wat na. 'Zou je denken?'

'Tuurlijk. Dat soort mannen wijkt heus niet van hun patroon af.' Bijna voeg ik eraan toe dat ze blij mag zijn dat ze van hem af is. Maar je kunt ook te ver gaan, al is het nog zo goed bedoeld.

Een glimlach breekt door haar tranen heen, een breekbare glimlach. En vergis ik me, of krijgen haar wangen zowaar een beetje kleur?

Mijn intuïtie vertelt me dat het wel goed zit met Jessica. Ze kan dan wel in puin liggen, maar ze is eerlijk en het getuigt van lef om zomaar langs te komen. Daarnaast speel ik graag voor reddende engel, dus bied ik haar spontaan de etage aan.

Verrast gaat ze rechtop zitten. 'Echt? O, Manuela, ik kan je niet zeggen hoe blij ik daarmee ben.'

'Wat mij betreft kan je er meteen intrekken,' ga ik verder. 'Hij staat toch leeg. Kom mee, dan gaan we boven kijken.'

'Mag ik dan ook de rest van je huis zien? Stef vertelde dat je kunstenares bent en dat je huis helemaal te gek is ingericht.'

Als we even later door mijn huis lopen, kijkt Jessica met grote ogen om zich heen. Mijn huiskamer op de eerste etage vindt ze 'fantastisch' en mijn rode bank 'het einde'. En in mijn slaapkamer, een verdieping hoger, waar ook de werk- en de kleine logeerkamer liggen, zegt ze dat ze ook altijd zulke draperieën voor haar raam heeft willen hebben. Haar opmerkingen klinken me als muziek in de oren.

Als we op de derde etage zijn aangekomen, doe ik de deur van het slot en open 'm met een galante zwaai. 'Aan jou de eer.'

'O, wow,' zegt ze als ze binnen is. 'Wat mooi. En die houten vloer is prachtig.' Opgetogen bekijkt ze de rest van de verdieping: de slaapkamer, het gangetje en de keuken. 'Wat een geweldig appartement. Ik wil het dolgraag hebben.' Ze zucht opgelucht. 'Er valt een last van me af, nu ik weet dat ik een huis heb. En wat voor een! Het is stukken mooier en leuker dan Alex' flat.'

'Laten we het vieren met een wijntje,' stel ik voor.

'Eh... ik wil geen beslag op je tijd leggen,' zegt Jessica.

'Joh, doe niet zo bescheiden. We moeten onze kennismaking bezegelen. Je wordt immers mijn nieuwe bovenbuurvrouw.'

Tot mijn verbazing duikt ze in mijn armen. Als een aanhankelijk diertje. Ach gossie, wat is ze klein en mager. Vertederd aai ik haar blonde haar. Ik weet wat het is om je alleen en hulpeloos te voelen. Ik heb het zelf immers meegemaakt na de dood van mijn ouders. Maar ik had Therese. Jessica heeft niemand.

Als Jessica weg is, ga ik naar mijn slaapkamer, naar mijn garderobekast, afdeling nachtgoed, die uit onderjurkjes in alle kleuren en modellen bestaat. Wat zal ik vannacht eens aandoen? Dat mosgroene of het oranje onderjurkje? Het oranje. Dat voelt lekker aan. Zacht en het weegt niets. Zijde, wat wil je. Met een gevoel van luxe hul ik me in mijn koninklijke nachtpon en bekijk mezelf in de spiegel. Een knalrode bos krullend haar, groene ogen, een iets te krachtige neus en een grote mond. En sproeten, veel sproeten. Ik stap iets naar achteren, zodat mijn hele lichaam zichtbaar is. Een weelderige maat 42, maar sinds ik geaccepteerd heb dat een slank lichaam niet voor mij is weggelegd, ben ik tevreden met mezelf. Alleen jammer dat de ideale man, *Mister Right*, op zich laat wachten, en die heb ik nodig voor *Baby Right*. De laatste tijd hang ik opvallend vaak boven passerende kinderwagens om perzikzachte babywangetjes te aaien. Maar ik ben pas 25, dus er is nog tijd zat. En ik wil me voorlopig toch op mijn carrière richten.

'Jíj bent momenteel de belangrijkste man in mijn leven,' mompel ik, terwijl ik mijn gezicht in de vacht van McDonalds, mijn grote dikke kater, druk.

Na een dagje buiten spelen ligt hij op zijn vaste plek, op het voeteneinde van mijn bed. Hij miauwt terug, wat bij McDonalds zoveel betekent als: 'Jij bent ook wel een aardig mokkeltje.' Hij rolt op zijn rug en ik kroel stevig over zijn buik. Dat vindt hij heerlijk, zijn gesnor is zo luid dat je het waarschijnlijk door het hele huis kan horen. Prompt gaat hij ook nog liggen kwijlen.

'Maf beest,' zeg ik tegen hem.

Ons tête-à-tête wordt verstoord door de telefoon. Ik kijk op de klok: halfeen. Een beetje laat om te bellen.

'Ik heb u toch gewaarschuwd,' hoor ik als ik opgenomen heb. Het is dezelfde vervormde stem als vanmiddag, alleen is de echo minder sterk. 'Dat huis van u is niet veilig. De geest van die vrouw waart nog rond. Soms kan je haar horen fluisteren en soms huilt ze.'

Voor ik kan reageren, wordt er neergelegd. Een rilling loopt over mijn rug.

Als ik even later onder mijn warme donzen dekbed lig, blijven de woorden 'niet veilig' maar door mijn hoofd spelen. Ik voel me opeens niet prettig meer in mijn eigen huis. Net of iemand me bekijkt. Wat onzin is, want afgezien van Mac is er niemand in mijn slaapkamer.

De vloer kraakt, wat gewoonlijk een rustgevend effect op me heeft, omdat ik denk dat het komt door het werken van het hout. Opeens ben ik daar niet meer zo zeker van.

Gadverdamme, stel dat het waar is? Stel dat er iemand vermoord is in mijn huis? Daar moet je toch niet aan denken!

Komt er nou geluid uit de badkamer? Ik weersta de neiging het dekbed over mijn hoofd te trekken en ga overeind zitten om beter te kunnen luisteren. Ja, er klinkt inderdaad licht geklop. Het zweet breekt me uit. Zo zacht mogelijk sluip ik naar de gang, waar het geklop luider wordt. Bevend duw ik de badkamerdeur open.

Het zijn de verwarmingsbuizen die ontlucht moeten worden! Even moet ik om mezelf lachen, maar als ik later weer in bed lig, is mijn lichaam stijf als een plank. Gespannen en bedacht op elk vreemd geluid, op elke onverwachte beweging.

Ik veer overeind. Wat stom van me! Ik kan mezelf wel voor mijn kop slaan. Die telefoontjes waren natuurlijk een geintje van Stef, omdat ik hem wijs probeerde te maken dat er een medium langs was geweest voor de etage, op zoek naar de juiste trilling. Dat ik daar ingetuind ben! Hoe zou hij dat geflikt hebben, dat satellieteffect?

Grinnikend pak ik mijn mobiel en componeer een sms. 'Slimme rotzak. Je hebt me echt de stuipen op het lijf gejaagd. Rotjong! Tot snel. p. s. Jessica is goedgekeurd.'

3

Terwijl ik aan het ontbijt zit met verse jus d'orange en chocola-decroissants uit de oven, verdwijnt McDonalds met een pro-testerend knorretje door het kattenluik. Hij is beledigd omdat ik vergeten ben zijn favoriete blikken kattenvoer te kopen en hij het met brokjes moet doen. Verwend ventje. 'Ik maak het goed met je, vanavond krijg je verse vis,' roep ik hem nog na.

Wanneer ik de ontbijtspullen in de vaatwasser zet, denk ik aan Stef en zijn telefoontje van vannacht. Ik probeer te beden-ken hoe ik het hem betaald kan zetten. Ik zou hem bijvoorbeeld kunnen bellen en me voordoen als zijn bejaarde buurvrouw, een ongelooflijke zuurpruim, en dan bekennen dat ik al jaren een oogje op hem heb. Of me uitgeven voor iemand van de radio, die hem met zo'n hieperdepiep-hoerastem meedeelt dat hij een date met Britney Spears heeft gewonnen. Stef vindt haar verschrikkelijk, tenminste, dat beweert hij altijd. Terwijl ik nog meer scenario's probeer te verzinnen, gaat mijn mobiel en ik neem na het eerste rinkeltje op.

'Hallo, lieverd,' zegt Therese in mijn oor.

Hè, wat klinkt haar stem toch heerlijk vertrouwd. 'Wat fijn dat je terug bent!' roep ik. 'Heb je een lekkere vakantie gehad?'

'Kon niet beter. Prachtig weer, goed gezelschap en eerste-klas eten. Mimi heeft me voor de komende herfst weer uitgeno-digd.'

Mimi is een van Thereses oudste en dierbaarste vriendin-nen, ze woont sinds haar huwelijk in Frankrijk. Ik heb haar wel eens ontmoet toen ze in Nederland bij Therese logeerde. Een hoogbejaarde dame, maar zo fit als een hoentje. Ze is beeldhouwster en hanteert nog bijna dagelijks haar lasapparaat om haar metalen objecten in elkaar te zetten.

Behalve Mimi heeft Therese nog zoveel vrienden in het buitenland, de meesten in goeden doen, zeg maar gewoon rijk, dat ze het hele jaar door in de mooiste villa's en palazzo's zou kunnen verblijven. Maar ze is nu eenmaal gehecht aan Nederland, aan haar luxe hotel op de Veluwe, waar ze een suite bewoont en dat onder haar leiding is uitgegroeid tot een gewild onderkomen voor bekende artiesten en kunstenaars.

'En? Hoe was jouw week?' vraagt ze oprecht geïnteresseerd.

Meer aanmoediging heb ik niet nodig, ik barst meteen los. 'Allard heeft vier kunstwerken van me verkocht. In één keer! En de datum van de tentoonstelling is vastgelegd. Over anderhalve maand.'

'O, kind, wat zalig allemaal. Heb je enig idee wie de koper is?'

'Nee, die wil anoniem blijven. Spannend, hè? Allard heeft het vermoeden dat het om een grote verzamelaar gaat.'

Therese klakt met haar tong. 'Ik heb altijd gezegd dat het slechts een kwestie van tijd was tot het kunstminnende publiek erachter zou komen hoe goed je bent.'

Ze meent elk woord. Therese was degene die me als kleuter pastelkrijt gaf, en later, toen ze ontdekte dat ik talent had, water- en olieverf. Voor mijn twaalfde verjaardag gaf ze me een museumjaarkaart en nam me mee naar tentoonstellingen. Als zij er niet geweest was en me niet had aangemoedigd, was ik waarschijnlijk nooit naar de kunstacademie gegaan.

'O, en ik heb een huurster voor de derde etage,' zeg ik. 'Ze heet Jessica. Stef heeft haar opgeduikeld en je zult haar vast aardig vinden. Ze is iets jonger dan ik, denk ik, en werkt als vertaalster. Maar ze heeft het momenteel niet makkelijk, ze is net door haar vriend aan de dijk gezet.'

'Ze is toch geen probleemgeval, hè?'

'Ze is echt oké,' stel ik haar gerust. 'Maar ze kan wel wat steun gebruiken. En dat geef ik haar graag, dat zit nu eenmaal in mijn genen. Jij hebt jaren voor mij gezorgd.'

'Dat is wat anders, jij bent familie.' Therese lacht. 'En eerlijk gezegd was dat precies wat ik nodig had. Het werd tijd dat ik eindelijk eens volwassen werd. En om jou op te vangen, moest ik wel in het gareel leren lopen. Gelukkig maar, anders was ik misschien nog steeds door de wereld aan het fladderen. En niets is triester dan een vlinder op leeftijd.'

Ik weet even niets te zeggen.

'Serieus, Maan, denk je dat je een hotel kunt runnen als je geen verantwoordelijkheid aandurft? En over hotels gesproken, morgen heb ik een bespreking in het Amstel Hotel met een man die hopelijk mijn nieuwe manager wordt. Kan ik vanavond bij je logeren?'

'Vanzelfsprekend.' Het Amstel Hotel is zo'n beetje bij mij om de hoek. 'Je bent hier altijd welkom, dat weet je. Wil je meeeten? Dan zal ik wat lekkers voor je koken.'

'Graag, maar niet te machtig, hoor, ik ben deze week een paar kilo aangekomen, maar ik heb van elke maaltijd én van elke slok wijn genoten. Ik ben blij dat ik vóór de vakantie voor je geposeerd heb.'

Een paar maanden geleden heb ik Therese gevraagd om model voor me te staan. Aanvankelijk had ze er geen trek in, maar uiteindelijk is het me gelukt haar over te halen.

'Vooruit dan maar,' had ze gezegd. 'Een rijpe vrouw kan fraai zijn, en als iemand dat op een schilderij kan vastleggen, ben jij het!'

Therese is dit jaar 55 geworden, hoewel je dat niet zou zeggen als je haar ziet. Ze heeft een facelift gehad en ziet er daardoor jaren jonger uit. Met haar nog steeds fantastische figuur, haar bruinzwarte haar dat geraffineerd tot op haar schouders valt, en haar immer roodgestifte lippen is ze een opvallende verschijning. Maar het is vooral haar uitstraling die het 'm doet. Met haar geamuseerde blik en geestige, intelligente conversatie kan ze een kamer laten opleven zodra ze binnenkomt. Mannen staan nog steeds voor haar in de rij.

Na een huwelijk, dat amper een jaar heeft geduurd en waar ze liever niet over praat, heeft ze de nodige minnaars versleten, maar zich nooit meer willen binden. 'Mijn vrijheid is me te dierbaar,' zegt ze steevast. Vaak tot grote teleurstelling van de heer in kwestie. Therese, de vrouwelijke *don juan*.

'Zeg, hoe staat het eigenlijk met mijn portret?' vraagt ze dan.

Ik was al bang dat die vraag zou komen. 'Het schiet lekker op,' zeg ik. Voordat het mijn mond uit is, schaam ik me al. Het schilderij van Therese staat namelijk in het 'probleemhoekje', samen met de andere schilderijen die niet naar mijn zin zijn. Ik heb er al heel wat uren aan besteed, alleen krijg ik de essentie van Therese maar niet op het doek.

Therese gelooft me op mijn woord, waardoor ik me nog een graadje erger schaam. Zozeer zelfs dat ik na ons gesprek gelijk naar mijn atelier ga om weer aan haar schilderij te werken.

Mijn atelier. Mijn domein, mijn heilige der heiligen. Er staat een oude blauwe sofa, schilderseizels in verschillende maten, een stellingkast met verf en kwasten, en een kleine rommelkast waarop ik mijn cd-speler gezet heb. De muren hangen vol met naaktportretten.

Gedecideerd pak ik het schilderij van Therese en zet een cd van Joss Stone op *repeat*, het volume omhoog draaiend. Joss zingt dat ze er recht op heeft van mening te veranderen. '*Got a right to be wrong*.'

Ze heeft groot gelijk.

In de paar seconden stilte tussen twee nummers in belt Stef.

'Jezus, Maan. Ik probeer je de hele ochtend al te bellen, maar je nam niet op.'

'Sorry, ik was aan het schilderen en de muziek stond te hard om de telefoon te horen.'

'Wat was dat voor raar sms'je vannacht?' vraagt hij. 'Was je dronken of zo?'

'Goed geacteerd, maar daar trap ik dus mooi niet in.'

'Maan, waar gáát dit over?' Hij klinkt nu kwaad en bezorgd.

Shit, hij weet echt van niets! Dat verandert de zaak, en ik vertel hem over de vreemde telefoontjes.

'Tyfus, wat bizar,' zegt hij. Hij is zo bijgelovig als de pest. 'Met zulke dingen moet je niet spotten.'

'Ik dacht dat het een geintje van jou was, omdat ik je wijs had gemaakt dat er een medium voor de etage langs was geweest.'

'Hoe kan je dat nou van me denken?' zegt hij verontwaardigd.

'Maar als jij het niet was,' vraag ik me hardop af, 'wie dan?' Stel dat er echt iemand in mijn huis is vermoord? 'Stef, ik ga op onderzoek uit.'

'Hou me op de hoogte.'

Met mijn spijkerjasje aan en mijn huissleutel in de hand ga ik naar Ruby, die een deur verder woont en die ik de laatste maanden als een vriendin ben gaan beschouwen. Tijdens onze eerste ontmoeting, ik was wat in mijn tuin aan het rommelen en Ruby hing een snoer kleine lampjes op, raakten we aan de praat. Over de heg die amper tot onze knieën komt, vertelde ze me stralend dat ze zwanger was en ze nodigde me uit voor een kop koffie. Even later zat ik in haar fleurige tuin.

Spontaan en hartelijk als ze is, maakte Ruby me in de weken daarna wegwijs in de buurt, ze nam me mee naar de bakker met het knapperigste brood, de enige slijter 'die eerlijk advies geeft' en de winkel met tweedehands designkleding. Ze introduceerde me ook bij haar vaste kapper, waar ze elke zes weken haar ultrakorte coupe laat bijwerken en haar haren platinawit laat blonderen.

Ik druk op de bel van het huis van Ruby en haar man William. Een vriendelijke man met een studentikoos brilletje, helaas gespeend van elke vorm van humor. Maar Ruby is stapelgek op hem, volgens mij hebben ze een goed huwelijk. In ieder geval hebben ze een geweldig kind: een meisje van zes, Claartje. Een vrolijke spring-in-'t-veld.

Na een paar minuten wachten, druk ik nog een keer op de bel. Verdomme! Niemand thuis. Is er een andere manier om achter de waarheid te komen? Ik moet weten wat er in mijn huis gebeurd is. Direct, meteen, onmiddellijk, nu. Anders blijft het me dwarszitten.

'Een onnatuurlijke dood?' vraagt de makelaar verbaasd als ik hem bel en informeer naar de voorgeschiedenis van mijn huis. 'Welnee, hoe komt u erbij? Ik ken de familie persoonlijk en de oude dame die er woonde, is een natuurlijke dood gestorven in het ziekenhuis.'

Ik laat mijn adem ontsnappen, de spieren in mijn nek ontspannen zich.

'Een hartaanval, ze had er al meerdere gehad. Niets onnatuurlijks, niets vreemds. Geen lijken in de kast. Ik denk dat iemand een vervelende grap met u heeft uitgehaald.'

Ik tik een sms in voor Stef: 'Niets aan de hand.' Als ik op verzenden druk, besef ik opeens dat dit niet klopt. Er is wel degelijk 'iets' aan de hand.

Iemand heeft me gisteren doodsbang proberen te maken. Dat gaat wel even verder dan een grapje, ik zou het eerder intimidatie noemen. Als ik erachter kom wie het is, is hij of zij nog niet jarig!

Een paar seconden later sta ik weer voor het portret van Therese en knijp driftig verf uit een tube okergeel. Ik duw mijn kwast erin en begin verwoed te schilderen.

Om een uur of twee verwissel ik mijn overall voor mijn gewone kleding. Het schilderij van Therese is nauwelijks verbeterd. Het haalt het niveau van mijn andere schilderijen gewoon niet. De figuur op het schilderij is een goed geconserveerde vrouw, maar dat is dan ook de enige overeenkomst met Therese, en daar baal ik behoorlijk van.

Ik ga naar de keuken en pak het laatste stuk appeltaart. Kauwend op de knapperige korst hoor ik de voordeur in het slot vallen. Wat zullen we nou krijgen? Geschrokken doe ik de keukendeur open, kijk de gang in... en zie het blonde hoofd van Jessica naar boven komen.

'Oeps,' zegt ze als ze mijn opgeluchte gezicht ziet. Ze houdt de sleutel die ik haar nota bene zelf gegeven heb, omhoog. 'Ik wilde je niet laten schrikken, ik had eerst even aan moeten bellen.'

'Onzin,' zeg ik. 'Het is nu ook jouw huis.'

Jessica draagt een tas met blikken verf en verfrollers. 'Ik wilde vast gaan schilderen.'

Als ik haar vraag welke kleur ze heeft gekozen, haalt ze een van de blikken verf uit de tas. 'Lichtgeel. Dekt in één laag.' Ze gaapt. 'Sorry, ik kon vannacht niet slapen, ik zag mijn ex steeds voor me, in bed met die andere vrouw. Uiteindelijk werd ik zo kwaad dat ik naar de kast met zijn whiskyverzameling ben gegaan en de inhoud van de twee duurste flessen, de topstukken zogezegd, door de gootsteen heb gespoeld. Erg, hè?'

Ik schater het uit. 'Nee joh, dat was een geweldige actie. Jij hebt pit, zeg!'

Ze lacht mee. Eerst zachtjes en dan harder. Om te eindigen in een huilbui. 'Verdomme, ik ben er nog lang niet overheen.'

Dat lijkt me logisch. Het is net uit.

'Ik heb het voorlopig gehad met mannen,' snikt ze. 'Ik ga me op mijn werk storten.'

'Goed zo. Hard werken is de beste remedie tegen een gebroken hart. Zeg, eet je mee vanavond? Therese, mijn tante, komt ook. Dan kun je haar meteen leren kennen.'

'Graag, maar vindt zij het wel leuk als er opeens een vreemde aan tafel zit?'

Ik geef haar een zetje. 'Doe niet zo gek, mijn tante heeft haar eigen hotel, waar elke dag vreemden aan tafel zitten.'

Terwijl Jessica aan de slag gaat, zet ik een pot koffie, giet het hete vocht in een thermoskan, en neem alles op een dienblad mee naar boven. Daar staat Jessica al te schilderen op de ladder, die ze van me geleend heeft.

'Zal ik je een handje helpen?' bied ik aan.

Mijn aanbod wordt dankbaar aanvaard en de rest van de middag werken we gezellig samen. Als we bezig zijn met de laatste loodjes, klinkt een keihard piepje. Balancerend op de smalle trap haast Jessica zich naar beneden, waar ze haar mobiel uit haar rugzak vist.

'Van Alex,' zegt ze wanneer ze het bericht gelezen heeft. 'Hij biedt aan de verhuizing te betalen als ik binnen een week weg ben. Hij wil echt van me af.' Er zitten spatjes verf op haar gezicht, als kleine gele sproetjes.

'Wat dacht je dan?'

'Nou ja, ik hoopte kennelijk toch dat hij spijt zou krijgen. Dat hij me terugwilde. Shit, het ene moment ben ik kwaad, het volgende mis ik Alex en wil ik hem terug.' Haar gezicht betrekt. 'En ik zie hem in gedachten nog steeds in bed met háár.'

'Hou ermee op jezelf zo te kwellen,' vermaan ik haar. 'En nu even praktisch. Weet hij al dat je onder de pannen bent? Nee? Prima. Laat maar dokken voor de verhuizing.'

'Het is wel handig als hij betaalt, hij bulkt toch van het geld. Mijn meubels en andere spullen zijn opgeslagen in Arnhem. Dan hoef ik alleen maar de sleutel van de container aan de verhuizers te geven. Zou dat kunnen, denk je?'

'Lijkt me wel, als er maar betaald wordt.'

'Mooi!' Haar gezicht klaart op. 'Bij Alex liggen alleen mijn kleren, mijn laptop, wat boeken en een paar cd's. Die kan ik met een paar ritjes op de fiets zelf wel vervoeren.'

'Begin maar vast met pakken. Hoe eerder je de verhuizing achter de rug hebt, hoe beter. Dan kan je eindelijk een frisse start maken.'

Jessica grijnst, als een dapper boertje met kiespijn.

4

Na een verfrissende douche snijd ik de groenten. Het lamsvlees ligt in de marinade en de geur van knoflook en uitjes, die in de koekenpan liggen te smoren, doet me watertanden.

Jessica komt de keuken binnen, ze heeft net een bad genomen. Met haar natte, netjes gekamde haren lijkt ze eerder zestien dan vierentwintig, haar echte leeftijd, zo weet ik ondertussen.

'Wat zalig, zo'n bad. Ik ben helemaal rozig. En ik ben blij met mijn huiskamer, dat geel staat zo vrolijk.'

Terwijl het vlees met een sissend geluid in de pan gaat, wijs ik naar het wijnrek. 'Wil jij die fles linksboven openmaken? De kurkentrekker ligt al op tafel.'

'Manuela?'

'Mm.' Ik snuffel door de keukenkastjes, op zoek naar rozijnen.

'Ik wil je bedanken. Als jij er niet was geweest, had ik nu waarschijnlijk in een goedkoop hotel gebivakkeerd, of op een zolderkamertje gezeten bij een hospita met een druipneus. Als ik ooit iets voor jou kan doen...'

'Joh, niet zo overdrijven,' onderbreek ik haar. 'En noem me alsjeblieft Maan, dat doet iedereen.'

Wanneer Jessica naar het wijnrek loopt, valt me weer op hoe tenger ze is. Ik kijk nog een keer. Dan krijg ik een geweldige ingeving. Er is wel degelijk iets dat ze voor me kan doen! Ik heb nog geen portret van een vrouw met zo'n elfachtig postuur als Jessica.

'Zou je een keer voor me willen poseren?' vraag ik. 'Voor mijn tentoonstelling met grote naakten?'

Ze schrikt. 'Poseren? Ik? In mijn blootje?'

'Ja. Maar ik zal je zo schilderen dat niemand je herkent.'

Ze kijkt me twijfelend aan.

'En het is kunst, geen porno,' gooi ik er een schepje bovenop.

'Oké,' zegt ze dan.

Even voel ik me schuldig. Heb ik haar voor het blok gezet? 'Zeker weten?' vraag ik daarom. 'Je moet je niet verplicht voelen, hoor.'

'Nee. Ik moest even aan het idee wennen, maar eigenlijk lijkt het me wel kicken als mijn portret ook op je tentoonstelling hangt.'

'Mooi!'

Terwijl Jessica de wijn openmaakt en ik in de pannen roer, gaat de deurbel twee keer kort achter elkaar. Therese heeft een sleutel, maar kondigt haar komst altijd even aan. Even later vliegt de keukendeur open en Therese tiktakt naar binnen op hooggehakte laarsjes. Ze is gekleed in een zwart-wit geruite rok, daarboven draagt ze een strakke roestbruine coltrui. Haar haren zijn opgestoken met een zilveren klem.

'Hallo meiden.' Ze geeft me een knuffel en Jessica krijgt een hand. 'Ik ben Therese,' stelt ze zich voor. 'En jij moet Jessica zijn.' Thereses kunstig opgemaakte ogen nemen mijn nieuwe huurster op.

'Willen jullie me alsjeblieft Jesse noemen, Jessica klinkt zo tuttig.'

'Prima,' zeg ik. 'Dat vind ik ook leuker.'

'Ik ook,' zegt Therese. Ze schuift aan tafel en pakt een van de wijnglazen die Jessica ondertussen ingeschonken heeft, en neemt een slok. 'Daar heb ik nou al de hele dag trek in.' Ze slaat haar in glanzende kousen gehulde benen over elkaar. 'Ik heb vandaag een nieuwe manager voor het hotel aangenomen, Piet van Steenis. Komt die naam je bekend voor, Maan?'

'Nooit van gehoord.'

'Maakt niet uit. Waar het om gaat, is dat die man zijn gewicht in goud waard is. Hij staat al jaren op mijn verlanglijstje. Op meerdere fronten.'

Aha, hij weet het nog niet, maar hij wordt haar volgende minnaar. Ik zet het gas lager en ga ook aan tafel zitten.

'Als Piet ingewerkt is, krijg ik meer vrije tijd. Ik ben van plan weer wat vaker reisjes te maken. Die week in Zuid-Frankrijk is me wonderwel bevallen. Zullen we na je opening samen naar Italië gaan?'

'Dat lijkt me geweldig!' Reizen met Therese is een feest. Ze kent overal mensen en weet de beste adresjes.

Therese neemt Jessica weer in het vizier. 'Als ik het goed heb begrepen, ben je via Stef bij Maan terechtgekomen? Is hij je nieuwe vriend?'

'Nee hoor, ik ken hem pas een paar dagen, ik heb hem in de supermarkt ontmoet.'

'Goh. De supermarkt,' herhaalt Therese. 'Wat bijzonder.'

Aan de toon van haar stem hoor ik dat ze dit niet bepaald een bijzondere aanbeveling vindt. Ziet ze dan niet dat Jessica een hartstikke leuke meid is?

'Ach, die Stef,' mijmert Therese. 'Wat een heerlijke man is hij toch. Nooit gedacht dat uit dat schriele, verlegen joch zo'n knapperd zou groeien.' Ze glimlacht en kijkt mij aan. 'Jullie waren zo schattig toen jullie verliefd waren. Je brak zijn hart toen je er met die jongen uit de hoogste klas vandoor ging.' Therese neemt nog een slok wijn. 'Hoe staat het trouwens met de liefde, Maan? Heb je al een leuke man ontmoet?'

Verdomme, moet dat nou waar Jessica bij is?

'Spijkers met koppen slaan, lieverd. Het wordt tijd dat je je grote liefde ontmoet.' Ze richt zich tot Jessica. 'Ik ben zo blij dat Maan inziet dat ze haar eigen gezin moet stichten. Ik heb ook niet het eeuwige leven en iedereen heeft familie nodig om op terug te kunnen vallen.'

'Hallo, zeg,' protesteer ik. 'Je bent 55, geen 80. En ik heb geen haast.'

'Weet je wat?' zegt Therese nu weer tegen mij. 'Misschien moet je met Stef trouwen. Of heeft hij momenteel een vriendin?'

'Geen idee, volgens mij heeft hij weleens iets bij de hand. Maar niets serieus, anders had ik de dame in kwestie vast al ontmoet.'

Wat Therese niet weet, en dat wil ik graag zo houden, is dat Stef en ik de nacht na mijn verhuizing, na een paar flessen wijn, met elkaar in bed zijn beland. Stom, stom, stom. Een complete mislukking. De seks was niet denderend. Of beter gezegd: er was helemaal geen seks. Er werd niets hard, er ging niets omhoog. En in plaats van Stef op zijn gemak te stellen en hem te verzekeren dat het niets uitmaakte, kreeg ik met mijn dronken kop de slappe lach en viel daarna in slaap.

'Maak je niet druk over vannacht,' zei hij tot mijn opluchting toen we de volgende ochtend naast elkaar wakker werden. 'Vergeet het. Niets aan de hand. Alles blijft gewoon bij het oude.'

We zijn er niet meer op teruggekomen.

'Verdient Stef nog steeds zijn geld met zijn motorhandel en het bouwen van websites?' wil Therese van me weten. 'En zit hij nog in zo'n muziekgroepje?'

'De garage loopt steeds beter, hij heeft al heel lang niet meer bij hoeven klussen als whizzkid. En ja, hij zit nog steeds in een band.'

'Zit Stef in een band?' vraagt Jessica. 'Wat speelt hij?'

'Bas.'

'En Allard?' neemt Therese het gesprek weer over.

'Allard?' vraag ik verbaasd.

Hoofdschuddend kijkt Therese me aan. 'Je wilt me toch niet vertellen dat je niet door hebt dat die man als een blok voor je is gevallen? Moet je toch eens zien hoe hij naar je kijkt, alsof je het prachtigste bent dat op aarde rondloopt.'

Wat een onzin. 'Ik ben gewoon zijn nieuwe protégé,' zeg ik afwerend.

Jessica kijkt me nieuwsgierig aan.

'Allard is mijn galeriehouder,' leg ik haar uit en ik wend me tot Therese. 'Meer niet,' zeg ik met nadruk.

Therese neemt me met een scherpe blik op. 'Ben je daar zeker van?'

Ze weet vandaag werkelijk van geen ophouden. Het komt wel vaker voor dat ze doordraaft, maar dit slaat alles.

'Allard is een schat, hoor, maar hij is over de veertig. Een tikkeltje te oud voor mij. Ander onderwerp graag.'

'Ach, mannen,' mijmert Therese. 'Aparte wezens zijn het, maar zo heerlijk, hè?'

Jessica staart naar de tafel. 'Ik ben op dit moment niet erg geïnteresseerd in mannen, op een romantische manier dan. Mijn relatie is net verbroken, en daar moet ik nog van bijkomen.'

'Niet verdrietig zijn, kindje,' probeert Therese haar op te beuren. 'Ik kan me voorstellen dat je dat eerst moet verwerken, maar zulke ervaringen horen nu eenmaal bij het leven.' Ze legt een hand op mijn schouder. 'En jou heb ik ingeschreven bij een datingsite. Ik heb die leuke foto erbij gedaan, die waarop je op het strand staat.'

'Therese, dat meen je niet!' Vol afschuw schuif ik mijn stoel achteruit.

'Natuurlijk meen ik dat. Als je een fijne partner wilt, moet je er iets voor doen.'

'Maar een advertentie...,' roep ik, 'dat is toch voor zielige mensen.' Ik begin echt boos te worden. Waar bemoeit ze zich mee?

'Larie! Je moet met je tijd meegaan, internetdating is volledig geaccepteerd. Ik doe het ook.' Ze geeft Jessica een knipoog.

'Jij?' Nou moet het toch niet gekker worden.

'Waarom niet? Had je dan een tante willen hebben die elke avond in het casino zit? Of in een bingohal?'

'Heb je er ook een foto van jezelf op gezet?' vraag ik.

'Ja, natuurlijk.'

'Wat doe je dan als zo'n man wil afspreken?' vraagt Jessica.

'Dat hangt van de man in kwestie af. Meestal ga ik niet op

dergelijke verzoeken in, maar soms ga ik wel eens een drankje met een van hen drinken.'

'Therese!' Ik ben geschokt, dit had ik nooit van haar verwacht.

'Maan!' zegt Therese met net zo veel nadruk. 'Waar heb jij de laatste jaren gezeten? In een klooster of zo? Internetdating is tegenwoordig een heel gewone manier om mannen te leren kennen.'

Het kattenluikje klappert. McDonalds komt binnen en valt als een hongerige wolf aan op zijn verse vis. Daarna wandelt hij kalm de trap op. Naar mijn slaapkamer, en ook de zijne.

'Ik heb al een man,' zeg ik zo hooghartig mogelijk.

Na de maaltijd – mijn 'succes verzekerd'-recept van couscous met lamsvlees, dadels en honing – zit ik met frisse tegenzin met Therese en Jessica voor de computer. Geroutineerd maakt Therese verbinding met internet. 'Connect-ya.nl is een goede website, daar heb ik zulke enige mannen ontdekt. Kijk, Maan, ik heb je "zonnetje" genoemd, je wachtwoord is *kunstkunstkunst*.'

Zonnetje?

'Let goed op, dan kun je het voortaan zelf. Ik zal het gelijk even voor je opschrijven.'

'Zeg, ik ben niet helemaal achterlijk, hoor,' brom ik.

'Tuurlijk niet.' Ondertussen klikt ze door met de muis en het scherm verandert. De tekst *Welkom zonnetje* verschijnt. 'Er zijn drie berichten voor je. Zie je, Maan, er hebben al mannen gereageerd,' zegt Therese. 'Maar eerst laat ik je jouw profiel zien.'

Een foto waarop ik met een grote glimlach en verward haar op het strand sta, vult het beeld. Daarnaast staat mijn leeftijd, dat ik kunstenares ben en wat mijn hobby's zijn.

'Ik heb ingevuld dat je gek bent op koken. En dat je graag leest.'

'Lezen? Daar heb ik nooit tijd voor,' sputter ik tegen.

'Je geeft kapitalen uit aan tijdschriften. Dat is ook lezen,' zegt Therese gedecideerd. 'Trouwens, je kan elk moment je profiel veranderen.' Ze klikt met de muis op het icoontje *Ik zoek.* 'Hier kan je invullen wat je bedoelingen zijn. Ik heb gekozen voor "een vriendschap en misschien meer". Anders lijk je zo gretig. Da's niet verstandig.'

'Laat die berichten nou zien,' zeg ik tot mijn eigen verbazing. Therese weet precies hoe ze mijn nieuwsgierigheid moet prikkelen. We buigen ons dichter naar het beeldscherm.

'Goh, wat spannend.' Jessica zucht. 'Misschien zit je droomprins er wel bij.'

'Droomprinsen bestaan niet, schat,' zegt Therese.

De eerste reactie is van Wim309: 'Ik heb je profiel gezien en ik vind je een ontzettend geil wijfie. En je kan ook nog koken. Schrijf je terug?'

'Wat een eikel!' Walgend keer ik me af.

'Helemaal mee eens. Wil je zijn foto nog zien?' vraagt Therese. 'Nee? Volgende.'

Ik neem de muis over. 'Laat mij eens.'

Nico heet de volgende. Ik lees voor: 'Je lijkt me een leuk mens. Zelf ben ik werkzaam in de zorgsector. Ik woon in Amsterdam en ik ben vijftig jaar, maar zie er jonger uit.' Na een paar klikken met de muis zien we Eric in volle glorie aan het roer van een zeilboot. 'Best aardig,' vindt Therese.

Daar ben ik het niet mee eens.

'Mag ik 'm?' Therese druk op print. 'Handig hè, zo'n kleurenprinter!'

Ik kan een glimlach niet onderdrukken.

De derde reactie is van ene Pieter, een journalist die dol is op kunst en film. 'Je hebt vast veel reacties gehad, maar ik zou graag met je willen e-mailen. Als het klikt, kunnen we elkaar misschien ontmoeten.'

'De foto!' roept Therese.

Pieter heeft een vriendelijk gezicht met een stoppelbaardje. Hij ziet er best appetijtelijk uit. Misschien is dat internetgedoe toch wel geinig. Binnenkort ga ik er eens even uitgebreid voor zitten. Alleen. Zonder pottenkijkers.

Jessica is naar huis en Therese ligt te slapen in de logeerkamer. Zij is een van die gezegende mensen die in slaap vallen zodra hun hoofd het kussen raakt. Nadat ik de vaatwasser heb aangezet en de lege wijnflessen naar de gang heb gebracht, ga ik naar mijn atelier. Schilderen bij nacht. Met de daglichtlampen aan. Ik heb net mijn overall aan als de telefoon gaat.

Verstoord neem ik op. 'Hallo?'

Stilte.

'Hallo?' vraag ik nog een keer. 'Met wie spreek ik?'

Geen reactie.

'Zeg wie je bent of laat me met rust!'

Hoor ik een man ademen? Het is zo zacht dat ik er niet zeker van ben.

'Vieze vuile slet.'

Pardon? Ik wil het op een schelden zetten, maar krijg de kans niet. Er wordt neergelegd. Dit is toch ongelooflijk! De wereld barst werkelijk van de idioten. Ik kan zo een telefonische hulplijn beginnen: 'Maan luistert naar al uw gekkigheid, 24 uur per dag!'

Ik ga op mijn sofa zitten. En schiet meteen weer overeind. Jezus, wat ben ik toch een sukkel. Met een apparaatje of een doek voor je mond kun je dezelfde stem steeds weer anders laten klinken, en twéé mafkezen achter elkaar is té toevallig. De persoon van net moet haast wel dezelfde zijn als die van vannacht en gistermiddag.

Zou iemand het op mij gemunt hebben?

5

Jessica gaat vandaag verhuizen. En daar ben ik blij om. Niet alleen vind ik het gezellig haar als buurvrouw te hebben, maar ik zal me ook heel wat prettiger voelen als ik 's nachts niet meer alleen thuis ben. Mijn anonieme beller heeft me, na zijn eerste scheldkanonnade, namelijk één dag met rust gelaten. Daarna begon de regen van nachtelijke telefoontjes. Zijn tekst varieerde van 'vuile teef, ik krijg je nog wel' en 'jij bent het niet waard dat je op deze aarde rondloopt' tot onverstaanbaar gemompel. Wanneer ik niet opnam, tierde en schreeuwde hij mijn antwoordapparaat vol. De situatie begon behoorlijk aan me te vreten, dus kocht ik een nummermelder. Maar helaas, zodra mijn kwelgeest de afgelopen nacht om halftwee weer aan de lijn hing, verscheen op het schermpje het woord 'onbekend'. Ik trok de stekker van de telefoon en het antwoordapparaat eruit, en viel in een onrustige slaap.

Vanochtend vroeg voelde ik me zo moe en gefrustreerd dat ik besloot de politie te bellen. Ik werd doorverbonden met een agente die zich voorstelde als Anneke van Duin.

'Wat vervelend voor je,' zei ze vriendelijk, nadat ik haar mijn verhaal had verteld. 'En wat jammer dat hij een geheim nummer heeft, anders had je op internet zijn naam en adres kunnen opzoeken, daar zijn tegenwoordig websites voor.'

'Wat! Dat meen je niet!' riep ik geschokt.

'Eerlijk gezegd staan wij daar ook niet over te juichen,' was haar reactie.

Godzijdank heb ik zelf ook een geheim nummer. Dankzij Therese. 'Je bent nu een beetje bekend,' had ze gezegd vlak voordat ik ging verhuizen. 'Maar als je echt doorbreekt, is het niet fijn als Jan en alleman aan de telefoon hangt.'

'Kunnen jullie die man voor mij traceren?' vroeg ik de agente.

'Als u aangifte doet, kunnen wij uitzoeken wie hij is. Tenzij hij een mobiele telefoon gebruikt met een prepaid kaartje, dat komen we helaas steeds vaker tegen. Zo kunnen dit soort mannen anoniem blijven.'

'Krijg ik dan te horen wie het is?' vroeg ik.

'Nee. Die gegevens mogen we niet doorgeven. Maar als het ons lukt hem op te sporen, gaan we met hem praten en geven we hem een waarschuwing. Mocht hij daarna nog doorgaan, dan krijgt hij een boete.'

'Als ik aangifte doe, zijn mijn naam en adres dan openbaar?'

'Ja, daar komt het wel op neer.'

'Dat is niet eerlijk,' riep ik machteloos. 'Ik wil niet dat hij weet waar ik woon.'

'Inderdaad,' antwoordde ze kalm. 'Maar ik heb wel een tip voor je. Je zou een fluitje kunnen proberen. Gewoon een simpel fluitje. Het geluid wordt door de telefoon versterkt, en als degene die je lastigvalt de hoorn tegen zijn oor heeft, doet dat enorme pijn. En er is kans op permanente gehoorbeschadiging.'

'Zoals?' vroeg ik.

'Dat varieert van een piep in zijn oor tot doofheid. Het werkt echt, hoor.'

Ze klonk als iemand die van wanten weet. 'En over het algemeen zijn deze types niet zo dapper,' zei ze ook nog. 'De kick zit 'm erin iemand angst aan te jagen. We maken zelden mee dat ze verder gaan dan vervelende telefoontjes plegen, daar zijn ze meestal laf voor.'

Haar woorden kalmeerden me. Zolang hij niet weet waar ik woon, kan hij me fysiek geen kwaad doen, zelfs al zou hij dat willen. Dat is voor mij al genoeg reden om geen aangifte te doen.

'Houd voor alle zekerheid vanaf nu een dagboek bij,' stelde de vrouw voor. 'Met data en tijdstippen.'

Na het telefoontje ging ik onmiddellijk naar de sportwinkel om een fluitje te kopen, dat nu onzichtbaar onder mijn sweater aan een touwtje om mijn nek hangt. Niemand hoeft het te zien, dit probleem los ik liever zelf op. Hopelijk heeft die agente gelijk en is een fluitje afdoende. Het is tijd voor actie, ik wil zo snel mogelijk van die vent af.

Om elf uur arriveert de vrachtwagen met de verhuizers. Met een hydraulische lift transporteren ze Jessica's meubels en de met tape dichtgeplakte dozen naar de derde verdieping. Wanneer alle spullen boven zijn en de huiskamer volstaat, haalt de oudste van het stel een papier uit zijn achterzak en houdt het onder Jessica's neus.

'Zo, onze taak zit erop,' zegt hij. 'Wilt u hier even tekenen?'

'Maar dát moet nog naar de slaapkamer.' Jessica wijst naar het hemelbed uit grootmoeders tijd.

'Sorry, mevrouwtje, we zijn alleen betaald voor het vervoer, meer niet.'

'Maar Alex had beloofd...' Vertwijfeld kijkt Jessica om zich heen.

Stef grist het papier uit de hand van de man en zet een krabbel. 'Bedankt, jongens, en tot ziens.' Daarna slaat hij een arm om Jessica's schouder. 'Laat Alex de pest krijgen, dit varkentje gaan we zelf wel even wassen.'

De rest van de middag zijn we aan het tillen, slepen en schuiven.

Jessica's etage is zo'n beetje ingericht. Het gasfornuis is aangesloten, de ijskast zoemt, en haar Marokkaanse borden en gekleurde wijnglazen met een ingewikkeld zilveren voetje staan te pronken in het keukenkastje. We hebben het bed en de kledingkast eerst uit elkaar gehaald en ze daarna in de slaapkamer weer in elkaar gezet. De draperieën in warme oranje en bruine tinten, die ik als verrassing voor Jessica's slaapkamerraam heb gehangen, passen er prima bij.

'Helemaal Duizend-en-één-nacht,' vond Jessica. 'Wat mooi!'

Ondertussen is het buiten bijna donker. Jessica's kroonluchter, haar pronkstuk, straalt een krans van licht uit en doet de houten vloer zacht glanzen.

Stef hangt languit op Jessica's bank, zijn motorlaarzen bungelen over de leuning. 'Waar blijft die pizzaboer? Ik barst van de honger!'

Als op commando gaat de bel.

'Ik doe wel open,' bied ik aan, waarop Jessica me een biljet van vijftig euro overhandigt.

Wanneer ik weer boven kom met de pizza's en een fles champagne – gisteravond koud gezet – licht Jessica's gezicht op. Ze loopt naar het balkon en houdt een fles champagne omhoog. 'Twee zielen, één gedachte. Maar deze is lauw, hij gaat nog even in de ijskast.'

Stef vist zijn *quatro stagione*-pizza uit de plastic draagtas.

'Nog even geduld,' houd ik hem tegen. 'Eerst proosten.'

Rustig ontkurk ik de fles om te voorkomen dat de champagne op de pasgeverfde muur spat, en schenk de glazen in. 'Welkom, Jesse,' zeg ik plechtig als we ons glas heffen. 'Ik hoop dat je hier heel gelukkig zult worden.'

'Op een nieuw begin.' Jessica neemt een slok. 'Op vriendschap. Op je tentoonstelling en de man van je dromen.'

'De man van je dromen?' vraagt Stef. 'Heb ik iets gemist?'

Het heeft geen zin eromheen te draaien. 'Therese heeft me ingeschreven op een datingsite,' beken ik.

'Ah, nee toch. Hoe kan ze dat nou doen? Daar zitten zulke mafkezen.'

'Overdrijf niet zo.' Ik geef hem een por.

'En jij? Hoe zit het met jouw liefdesleven?' Jessica lacht liefjes tegen Stef. 'Er lopen vast heel veel vrouwen achter je aan.'

Vergis ik me, of is Jessica met Stef aan het flirten? Nee, vast niet, daar is ze te verlegen voor. Of niet? Maar ze slaat toevallig wel de spijker op zijn kop. Stef ligt goed in de markt bij de dames. Alleen kan hij er niet zoveel mee. De eerste weken wel, maar niet als ze aansturen op een serieuze relatie.

'Stef heeft bindingsangst met een hoofdletter B,' bemoei ik me ermee. 'Hij laat een spoor van verdrietige vrouwen achter.'

'Even dimmen, Maan,' zegt Stef en hij schuift een gigantisch stuk pizza in zijn mond.

Wanneer Stef zijn hielen heeft gelicht – 'Nog even een tandrad vervangen!' – en Jessica boven mijn hoofd in haar huis aan het stommelen is, schenk ik mezelf een wijntje in en installeer me achter de computer. Tijd om te daten. Het fluitje bungelt nog steeds om mijn nek, en voor alle zekerheid heb ik mijn koptelefoon op het bureau gelegd. Zo kan ik voorkomen dat ik zelf een gehoorbeschadiging oploop als ik ga fluiten.

Als er verbinding met internet is, tik ik *connect-ya.nl* in. De naam alleen al ontlokt me een grijns. Eens even kijken wat voor mannen ze in de aanbieding hebben.

Ik vul in dat ik mannen zoek in de leeftijd van 25 tot 35 jaar. Daarna komen de volgende meerkeuzevragen.

Is het een bezwaar als hij rookt?

Nee.

Vind je het vervelend als hij één of meer thuiswonende kinderen heeft?

Ja. Ik heb geen zin om gelijk stiefmoeder te zijn.

Zoek je een West-Europese man of iets exotischer?

Maakt me geen bal uit, als het maar een prins met een hoofdletter P is.

Wanneer ik op *zoek* klik, komt er een hele lijst mannen tevoorschijn. De meesten met foto. Ik voel me lekker stout. Het is alsof ik bij een peepshow zit, maar nu zijn het de heren die bekeken worden. Zíj in de spotlights, ik veilig in het donker.

Van de eerste man wiens foto me aanspreekt, ene Martijn

van dertig, muzikant, blond kort haar, een brutale glimlach, vraag ik het profiel op. Op het scherm verschijnt dezelfde foto, nu groter. Wat heeft Martijn over zichzelf te melden? Ah, hij is gescheiden en noemt zichzelf een levensgenieter. Onder het kopje *seksualiteit* schrijft hij dat hij het niet onoverkomelijk vindt als zijn partner vreemdgaat. Zou dat betekenen dat hij een open relatie wil? O, nee. Niets voor mij. Volgende.

Op het klokje rechtsonder in beeld zie ik dat het 00.15 uur is. *Time flies when you're having fun.* Een paar mannen staan in mijn lijst van *favorieten*, zodat ik ze voortaan met één druk op de knop kan vinden.

Van de mannen die op mij gereageerd hebben, vijftien ondertussen, gaat mijn hart niet sneller kloppen. Afgezien van Pieter dan, de journalist die had geschreven dat hij met me wilde e-mailen. Ik heb hem een bericht teruggestuurd: 'Dank je voor je interesse, binnenkort schrijf ik je wat uitgebreider. P.S. Als je op de site kijkt, kun je zien dat mijn profiel is aangevuld.'

Dat aanvullen was nog een hele klus. Therese had alleen wat kale feiten opgesomd en het leek me wel zo sympathiek én effectief om wat meer informatie te geven. Maar hoe beschrijf je jezelf in godsnaam? Persoonlijkheid, hobby's? Goede en slechte eigenschappen? Het is verleidelijk om je beter voor te doen dan je bent. Maar dat zou stom zijn. Dan val je later toch door de mand. Dus ik heb ingetikt dat ik 'een chaoot ben, soms iets te spontaan, maar wel lief. Dat ik nogal aanwezig ben, maar ook goed kan luisteren.'

De foto van mij op het strand, die Stef ooit gemaakt heeft, is naar mijn zin. Zo zie ik er echt uit. Niet mooier, niet lelijker.

Ik rek me uit en leun achterover in mijn stoel.

De telefoon gaat. Haastig pak ik de koptelefoon en houd mijn fluitje in de aanslag.

'Klerewijf!' schreeuwt de bekende stem.

Mijn lichaam verstijft. Zoveel vijandigheid is ronduit eng.

'Vuil vies...'

En nu is het genoeg! Met de koptelefoon op blaas ik met al

mijn kracht op het fluitje en ruk dan snel de koptelefoon af.

Mijn kwelgeest schreeuwt het uit.

Nu ben ik degene die de hoorn neerlegt. Een gevoel van overwinning overspoelt me. Zo. Daar ben ik vanaf.

6

Ik word om elf uur 's ochtends wakker. Gisteravond ben ik, in de geruststellende wetenschap dat mijn hijger buiten spel is gezet, in een diepe slaap gevallen. Eindelijk voel ik me weer uitgerust en energiek. Zo energiek dat ik besluit naar een tuincentrum te gaan om nieuwe planten uit te zoeken voor mijn tuin. Niet te veel, hij moet een beetje wild blijven, dat maakt 'm juist zo fraai. En onderhoudsvrij.

Overweldigd door het grote aanbod, loop ik met mijn lege karretje een paar keer door het tuincentrum. Omdat er zo weinig klanten zijn, valt dat kennelijk nogal op, want een van de personeelsleden, een lekker ding met een gebruinde kop en pretoogjes, komt op me af.

'Kan ik u helpen?'

'Graag,' zeg ik zo charmant mogelijk.

'Wat vindt u mooi? Planten met bloemen, zonder bloemen? Appelbomen, kleine struikjes? We hebben het hier allemaal.'

'Ik kan niet kiezen, en ik weet niets van tuinieren,' zeg ik, verleidelijk met mijn ogen knipperend.

'Ik begrijp het,' zegt hij en hij haalt een catalogus om me te laten zien hoe allerlei planten er volgroeid en in bloei uitzien. 'Heeft u zon in de tuin of schaduw?'

'Dat is nou juist het probleem, die zon verschuift de hele tijd.'

Nu lacht hij hardop. 'Dan kan je het beste planten nemen waar "half zon" op het labeltje staat.'

Uiteindelijk koop ik een passiestruik met paarse bloemen en een wilde witte roos. Bij de kassa komt hij nog even naar me toe met speciale voeding en mest voor de rozen. 'Alstublieft, dan weet u zeker dat ze aanslaan.' Hij geeft me ook een boekje cadeau: *Tuinieren, de basistips*. Hij glimlacht en kijkt me diep in mijn ogen.

Hij is aan het flirten, zeker weten. Ik verzamel moed om zijn telefoonnummer te vragen.

'Zeg...' begin ik. Dan pas zie ik zijn trouwring.

'Wat?' vraagt hij en geeft me een knipoog.

'Niets.'

Wanneer ik de roos en de passiestruik heb geplant, stamp ik de aarde eromheen stevig aan en giet er een emmer water overheen. Daarna bekijk ik trots het resultaat.

Opeens snap ik waarom tuinieren zo'n veelgeroemde hobby is: van het wroeten in de aarde word je zo heerlijk rustig. Net alsof je hoofd als een grote ballon leegloopt.

'Hé, Maan. Dat ziet er goed uit.'

Aan de andere kant van de heg staat Ruby. In de ene hand een sigaret, in de andere een asbak. Wat moet ze met een sigaret? Ze is zwanger!

'Ik weet wat je denkt,' zegt ze. 'Maar ik heb vorige week een miskraam gehad.' Haar gezicht vertrekt en ze drukt de sigaret uit. Haar ogen vullen zich met tranen. 'Ik heb mijn kindje verloren, Maan, en ik voel me zo ongelooflijk klote.'

Zonder na te denken, stap ik de heg over en sla mijn armen om haar heen. 'O, Ruby, wat erg. Ik weet hoe graag je dit kindje wilde, hoeveel je er al van hield.'

Ze snikt nu met harde uithalen.

'Huil maar,' zeg ik. 'Niet inhouden, laat het er allemaal maar uitkomen.' Wat kun je anders zeggen tegen iemand die een kind heeft verloren?

Als Ruby weer naar binnen is, ga ik op een van mijn tuinstoelen zitten en denk na over de rest van ons gesprek. Alsof die miskraam al niet erg genoeg is, hebben Ruby en William nog meer problemen: Williams bedrijf gaat fuseren en volgens Ruby staat hij op het punt om ontslagen te worden.

'William wil er niet over praten,' zei ze. 'Maar hij staat stijf van de stress, hij heeft het ouderwetse idee dat hij de kostwinner moet zijn en zijn gezin in stijl moet onderhouden.'

'Maar William is toch IT'er?' vroeg ik. 'Daar is toch zat werk in te vinden?'

'Niet zo goed betaald als bij zijn huidige baan,' antwoordde Ruby. 'Wist je trouwens dat William uit een steenrijke familie komt? Maar daar heeft hij geen contact meer mee. Het fijne weet ik er niet van, maar zijn jeugd was niet bepaald prettig. Zijn vader is overleden toen hij een kind was. Zijn moeder heeft hij al jaren niet gezien.' Ze zuchtte.

Vorige maand heeft Ruby hem zo'n beetje gedwongen om zijn moeder te bezoeken. Niet vanwege het geld, maar omdat ze wilde dat Claartje haar oma leerde kennen. Sinds dat bezoek schijnt William meestal in zijn werkkamer te bivakkeren.

'Het lijkt wel of we geen contact meer met elkaar kunnen krijgen,' zei ze. 'En ik ben jaloers en wantrouwig geworden sinds die miskraam. Eergisteren verdacht ik William ervan dat hij een affaire had met zijn secretaresse, omdat ze een beetje afwerend tegen me deed aan de telefoon. Belachelijk, hè. Die vrouw had het gewoon druk! Er was niets aan de hand. Maar ik voel me niet aantrekkelijk meer. Geen echte vrouw. Ik ben een vrouw met een baarmoeder die niet functioneert zoals het hoort.' Ze liet de rook van een nieuwe sigaret door haar neus ontsnappen. 'Verdomme, was ik maar niet zo emotioneel. Rothormonen.'

'Ruby, hoe kom je erbij dat jij geen echte vrouw bent,' riep ik. 'En je bent nog steeds aantrekkelijk. Door je miskraam ben je gewoon van de kaart, dat is logisch. Dat zou iedere vrouw zijn.'

We werden gestoord door het stemmetje van Claartje, die haar moeder riep.

'Ik ben in de tuin met Maan, ik kom eraan, schat.' Snel doofde Ruby haar sigaret, en kuste mijn wang. 'Bedankt voor het luisteren.'

De zon is ondertussen gaan schijnen. Het tuinstoeltje zit niet bepaald comfortabel, maar de warmte maakt dat ik langzaam wegdoezel. Voordat ik echt in slaap val, klinkt het deuntje van mijn mobiele telefoon. Op de display zie ik het nummer van Allard.

'Er is iets vervelends aan de hand,' zegt hij meteen. 'Vandaag hebben we onze voorraad opnieuw gecatalogiseerd en *Herinnering* is nergens te vinden. Het ligt niet in de juiste doos.'

'Wat!' roep ik als zijn woorden tot me doordringen. 'Nee!'

Omdat mijn ouders gecremeerd wilden worden, heb ik bij gebrek aan een grafsteen zelf een monument voor ze gemaakt: *Herinnering*. Het is een beeld van mijn eigen hoofd, gewikkeld in zwarte draden als symbool van rouw. De namen van mijn ouders, hun geboortedatum en hun sterfdag zijn in de onderkant gegraveerd. *Herinnering* is niet te koop, daarvoor is het me te dierbaar. Sinds ik in mijn nieuwe huis woon, heeft het een prominente plek in mijn woonkamer en wordt het zelden tentoongesteld. Maar omdat Allard foto's van mijn werk wilde maken, heb ik het tijdelijk aan hem uitgeleend. Verdomme, wat heb ik daar spijt van!

'Maan, ben je er nog?' Allard klinkt bezorgd en schuldig.

'Ja,' mompel ik. Dat *Herinnering* niet op de goede plek ligt, maakt me nerveus. Meer dan nerveus.

'Mijn staf heeft opdracht gekregen het hele gebouw uit te kammen,' zegt Allard. 'Als er nieuws is, hoor je meteen van me. *Herinnering* duikt vast wel weer op.'

'Als het maar niet verdwenen is,' roep ik. 'Dat zou ik niet kunnen verdragen!'

'Nee, daar hoef je echt niet bang voor te zijn, het is gewoon verkeerd opgeborgen, dat verzeker ik je.' Allard schraapt zijn keel. 'Luister, Maan, ik heb een voorstel: laten we vanavond samen uit eten gaan.'

Ik aarzel, ik heb de pest in dat Allard zo onzorgvuldig met mijn werk omgaat.

'Even de zinnen verzetten,' probeert hij me over te halen. 'En ik trakteer, om het goed te maken.'

'Vooruit,' geef ik toe.

'Vind je het goed als ik je om zeven uur door een taxi laat ophalen? Ik heb namelijk een vergadering tot halfzeven.'

Wanneer ik zeg dat ik ook op de fiets kan komen, wuift hij dat weg. 'Laat je maar eens lekker verwennen!' Dan hangt hij op.

'Maan. Joe-hoe, Ma-haan!'

Nieuwsgierig kijk ik om me heen, maar er is niemand te zien.

'Boven je.' Het is Jessica, die over haar balkon hangt. 'Heb je trek in thee?'

'Ja.' Dat is precies waar ik nu behoefte aan heb.

Even later stapt Jessica met een dienblad de tuin in. 'Wat is er met jou aan de hand?' vraagt ze, nadat ze een blik op mijn gezicht heeft geworpen.

Het liefst zou ik nu een potje janken, maar ik houd me in – ik huil liever niet in het openbaar. Maar ik vertel Jessica wel dat *Herinnering* zoek is, en wat het beeld voor me betekent.

'O, wat naar voor je!' zegt ze. 'Maar wacht nog even af, het komt vast weer in orde.'

Ik vind het lief dat Jessica me gerust probeert te stellen, maar ik zal pas opgelucht adem halen als het beeld terecht is.

Jessica's gezicht licht op. 'Ik heb een idee. Vanavond moet ik de vertaling van de handleiding voor een nieuwe printer inleveren, en dan duurt het waarschijnlijk een paar dagen voor ik een nieuwe klus krijg. Dus ik zou morgen voor je kunnen poseren, dan heb je een beetje afleiding.'

'Helemaal te gek, Jesse!' roep ik verrast. Wat er verder ook allemaal aan de hand is, met mijn huurster had ik het niet beter kunnen treffen.

Jessica gaat weer aan het werk en ik besluit, nog steeds van slag, op *connect-ya.nl* rond te neuzen. Beetje mannenspul bekijken. Zou Pieter, de journalist, nog gereageerd hebben?

Op het welkomstscherm staat dat er drie nieuwe berichten voor me zijn. Lusteloos open ik het eerste. Dat is inderdaad van Pieter.

'Sorry, je bent toch mijn type niet.'

Heel fijn, mijn dag kan nu echt niet meer stuk.

De tweede reactie is weer van Pieter. Wat valt er in godsnaam toe te voegen aan zijn eerste charmante mailtje? Deleten? Of... Mijn nieuwsgierigheid wint, ik klik op bericht twee.

'Ik twijfel, misschien ben je toch de vrouw van mijn leven,' staat er. 'P.S. Wil je mijn vorige berichtje als ongelezen beschouwen?'

Mijn mond valt open van verbazing. Mooi niet.

Op naar bericht nummer drie.

'Hoi, leuke, mooie, roodharige dame. Je bent dus kunstenares. Een creatieve vrouw. Ik ben fotograaf, heet Bas en woon nu al vier jaar in New York. Binnen een paar maanden hoop ik voorgoed naar Amsterdam terug te keren – heimwee – en het lijkt me leuk om je te leren kennen. We hebben in ieder geval één ding gemeen: we houden beiden van lekker eten. Ik ben trouwens benieuwd naar je werk, staat er misschien iets van je op internet? Of kan je iets inscannen? Als je een beetje nieuwsgierig naar me bent geworden, kijk dan naar mijn profiel, daar staan een foto en meer informatie. Hopelijk tot mails. Bas.'

Snel vraag ik zijn profiel op. Jemig, wat een leuke kop. Kort donker haar dat lekker rommelig zit, lichte groene ogen en volle lippen. Hij valt absoluut in de categorie spannende man.

Wat Bas over zichzelf heeft geschreven, bevalt me ook. Geen slijmerig gedoe. Recht voor zijn raap. 'Ik kan nu wel doen alsof ik gek ben op strandwandelingen, maar na vijf minuten zit ik al in de eerste de beste strandtent. En mijn vrienden noemen me pijnlijk eerlijk. Dat is geen verdienste, ik ben te lui om te liegen. Te veel gedoe.'

Hij is dol op film, door New York slenteren om mensen te kijken en op picknicken in Central Park of op zijn dakterras. Over zijn werk is hij vaag, maar uit de context maak ik op dat hij succesvol is.

Onmiddellijk schrijf ik terug. 'Tot nu toe ben jij de enige leuke man op deze website,' is de eerste zin van mijn mailtje. Ik eindig met de mededeling dat ik binnenkort een tentoonstelling heb en geef hem het adres van de website van Allards galerie. Daar staat wat werk van me afgebeeld.

Wanneer ik op *send* heb gedrukt, moet ik even aan Stefs waarschuwende woorden denken. Aan al die mafkezen die volgens hem op internet rondwaren. Ach, dat zal wel meevallen. Bas weet mijn naam. Nou en? Hij zit toch in New York. Ik print zijn foto en sluit de pc af. Het is zes uur, nog een uur voor de taxi me komt halen. Tijd genoeg voor een bad.

Met mijn hoofd achterover, mijn haar onder water, dobber ik in mijn badkuip. Naarmate mijn lichaam zich meer ontspant, word ik er geruster op dat *Herinnering* wel weer op zal duiken. Ik begin me zelfs te verheugen op het etentje met Allard.

Terwijl ik met mijn grote teen de warme kraan aanzet, schiet de opmerking van Therese, dat Allard een oogje op me zou hebben, me te binnen. Waarschijnlijk is de wens de vader van de gedachte, ze zou me graag met Allard samen zien. Veilig onder de pannen. Maar zelf heb ik nooit iets gemerkt van enige amoureuze gevoelens van zijn kant. En buiten dat, Allard is een fijne vent, daar niet van, en met zijn uiterlijk is ook niets mis. Hij heeft een mooie olijfkleurige huid, donker haar en bruine ogen. En in tegenstelling tot wat ik tegen Therese beweerde, vind ik het leeftijdsverschil niet onoverkomelijk, besef ik nu. Maar Allard is me gewoon te stijfjes, te serieus. Ik kan me niet herinneren dat ik hem ooit uitbundig heb zien lachen. Kortom: hij is mijn type niet.

7

Ik sta voor mijn kledingkast om iets geschikts te zoeken voor het etentje, wanneer ik een sms'je van Allard krijg.

'*Herinnering* is terecht. Tot zo.'

'Yes!' Ik steek mijn armen in de lucht. Het is of er een enorme last van mijn schouders valt. Dit vraagt om een feestelijke outfit. Ik pak een rode jurk die tot op mijn knieën valt van het hangertje en haal mijn tas met make-up tevoorschijn.

Wanneer ik voor de spiegel zit, dwalen mijn gedachten af naar mijn eerste kennismaking met Allard, tijdens een feestje waar Therese me mee naartoe nam.

Ze kende Allard alleen van gezicht, maar door zulke futiliteiten heeft ze zich nooit laten weerhouden. Therese is iemand die recht op haar doel afgaat. En het doel die avond was Allard. Ze pakte me bij mijn arm en sleepte me door de menigte.

'Wil je het maken als kunstenaar?' vroeg ze.

'Ja, natuurlijk.'

'Zie je die man, die daar bij het raam staat? Hij heeft een galerie en veel invloed, en hij deugt. Daarbij is het ook nog eens een stuk van het zuiverste water.'

We stonden nu recht voor zijn neus. 'Mag ik je aan iemand voorstellen?' vroeg Therese op een toon die geen tegenspraak duldde. 'Dit is Manuela. Ze is kunstenares, ze is verdomd goed en je zou haar werk eens moeten bekijken.' Daarna verdween ze, mij bij Allard achterlatend.

Ik schaamde me dood en zocht wanhopig naar de juiste woorden.

Allard was me echter voor. 'Dat is een doortastende dame.'

'Mijn tante. Therese.'

'Aha,' zei hij geamuseerd. 'Drink je champagne?'

Hij was vriendelijk en rustig, en bleef een minuut of vijf met me praten voordat hij de mensenmassa weer indook, hier en daar handen schuddend.

Later, toen hij op bezoek kwam in mijn atelier, vond hij mijn werk veelbelovend en bood me een contract aan. Sindsdien is hij mijn galerist en zit ik in de stal van galerie Levefre.

Als ik volledig opgetut ben en mijn haar in een wrong heb gedraaid, blaas ik mezelf in de spiegel een kus toe. Ik zie er een tikkeltje sexy uit, maar niet overdreven. Me al te uitnodigend kleden voor het dineetje met Allard lijkt me niet verstandig.

De taxi zet me ergens in het centrum af, waar Allard op de stoep voor het restaurant op me staat te wachten. 'Fijn dat je gekomen bent,' zegt hij, terwijl hij me bij mijn arm pakt. 'Dit Marokkaanse restaurant is helemaal in, ik kon nog net een tafeltje regelen.' Hij houdt de deur voor me open. 'Voorzichtig, hier is een afstapje.'

Eenmaal binnen is het alsof we in Noord-Afrika zijn beland. Bewerkte messing lampen met gekleurd glas geven gedempt licht, er staan beelden op sokkels en aan de muur hangen tapijten.

We nemen plaats op zachte kussens. Een gesluierde vrouw, haar prachtige donkere ogen met kohl omrand, zet een drankje voor ons neer.

'Proost. Vind je het goed dat ik een menu bestel?' vraagt Allard.

Ik leun relaxed achterover. 'Graag.' Ik neem een slok en proef warme honing, munt en alcohol.

'Mag ik opmerken dat je er geweldig uitziet,' complimenteert Allard me.

Over de rand van mijn glas gluur ik naar zijn gezicht. Zijn uitdrukking is neutraal, terwijl hij kalm een teugje van de hete drank neemt en ondertussen de kaart bestudeert. Nee, hij is niet aan het flirten, hij is gewoon zijn beleefde zelf. Volgens mij heeft Therese zich vergist.

De gerechten volgen elkaar in rustig tempo op, telkens vergezeld van een andere wijn. Allard en ik speculeren over de anonieme verzamelaar, maken plannen voor mijn tentoonstelling en proosten op de veilige terugkeer van *Herinnering*. Dat lag, zoals Allard al vermoed had, in de verkeerde doos.

'Toch ga ik voor alle zekerheid het depot beveiligen,' zegt hij. 'Er lopen te veel mensen de galerie in en uit.'

'Wat! Had je dat dan nog niet gedaan?' zeg ik kwaad.

'Mijn excuses, Manuela, maar zoiets is nooit eerder nodig geweest, en het spijt me oprecht dat je zo bezorgd bent geweest.'

Dan doe ik ook niet moeilijk meer. 'Excuses aanvaard.'

Een paar wijntjes later flap ik eruit dat ik op een datingsite sta en dat ik in de toekomst een gezin wil stichten.

'Meen je dat serieus?' vraagt Allard.

'Ja.'

'Zou je mij als kandidaat willen overwegen?'

Verbaasd staar ik hem aan. De hele avond heeft Allard zich vriendelijk, maar zakelijk gedragen. Geen voorzichtige hand op mijn arm, geen poging zijn kussen dichter bij het mijne te schuiven. Niets om me op deze opmerking voor te bereiden.

'Allard, je bent een geweldige man, maar...' stamel ik.

Hij legt een vinger op mijn mond. 'Je hoeft het niet uit te leggen. Ik moest het vragen, wat ik zou mezelf voor mijn kop slaan als ik een kans had gemaakt en die had laten lopen.'

'Hopelijk voel je je niet afgewezen...'

'Een beetje. Maar een volwassen man moet een stootje kunnen hebben.'

Ik voel me opgelaten. Ik heb nog nooit een man meegemaakt die zo in de plooi kan blijven. Die zo formeel is. Het is net of ik een menselijke robot tegenover me heb. Er valt een ongemakkelijke stilte die doorbroken wordt door de komst van een buikdanseres die heupwiegend het toetje brengt: een schaal met verschillende bonbons en Turks fruit.

Allard brengt me naar huis. Ik zwaai hem na tot zijn Jaguar de hoek om rijdt en ga naar binnen. Linea recta naar mijn werkkamer. Ik kan nauwelijks wachten om te kijken of Bas, die leuke fotograaf uit New York, al gereageerd heeft. Wanneer ik de pc aanzet, voel ik me even bezwaard. Allard biedt me zijn liefde op een presenteerblaadje aan en ik zit vol verwachting achter de pc, hopend op een berichtje van een andere man. Dan haal ik mijn schouders op. Het leven is nu eenmaal niet altijd eerlijk.

Als ik verbinding met internet heb, surf ik snel naar mijn inbox van *connect-ya*, waar twee nieuwe berichten staan. Gretig open ik het eerste: van Bas.

'Hallo, schoonheid. Wat fijn dat je zo snel gereageerd hebt. Je bent eeeeniiiig. Helemaal leuk. Als ik weer in Nederland ben, moeten we elkaar zo snel mogelijk ontmoeten. Is dat goed? En ik heb de website van je galerie bekeken. Dame, jij bent echt goed! Ongelooflijk dat er op *connect-ya* zo'n geweldige vrouw zit. Dat had ik nooit verwacht.'

Wat een zalige reactie. Het geeft me kriebels in mijn buik. Het is heerlijk als je een man ontmoet die je helemaal ziet zitten, en hij jóú. Het zalige gevoel dat alles mogelijk is, dat iemand een belangrijke plek in je leven in zou kunnen gaan nemen. Dat de toekomst nieuw én prettig onbekend is.

Het tweede bericht is afkomstig van ene Joop69: 'Je dacht me te slim af te zijn, vuil kutwijf. Nou, vergeet het maar, ik ben terug. En waag het niet om ooit nog dat fluitje te gebruiken, dan zal je ervan lusten.'

Snel vraag ik zijn profiel op. Er verschijnt een foto van Brad Pitt. Bij *overige informatie* zijn slechts een paar velden ingevuld: hij woont op een onbewoond eiland, is ongehuwd, heeft dertig kinderen en bij hobby's staat: 'roodharige vrouwen treiteren.'

Ik verberg mijn profiel, en stuur meteen een klacht naar *con-*

nect-ya, waarin ik eis dat ik uit het bestand word verwijderd. Voor ze me van de site verwijderen, schrijf ik Bas nog snel een mailtje met mijn privé-e-mailadres, en laat hem weten dat ik me afgemeld heb bij *connect-ya*.

8

Elf uur 's ochtends. Ik leg de telefoon neer na een gesprek met iemand van *connect-ya*. Hij belde naar aanleiding van mijn e-mailtje gisteravond en bood gelijk zijn excuses aan. 'We vinden het zeer vervelend dat u het slachtoffer bent geworden van iemand die misbruik van de site heeft gemaakt.' Vervolgens legde hij uit dat *connect-ya* een gratis site is en dat namen en adressen alleen steekproefsgewijs gecontroleerd worden. Vanwege mijn e-mail hebben ze de inschrijvingsgegevens van Joop69 onmiddellijk bekeken: die waren duidelijk vals. Maar omdat hij zich via een hotmailadres heeft aangemeld, konden ze zijn werkelijke identiteit niet achterhalen.

'Vanzelfsprekend is hij onmiddellijk van de site verwijderd,' aldus de *connect-ya*-meneer.

Op mijn vraag of dergelijke dingen vaker voorkomen, antwoordde hij ontkennend.

'Gelukkig niet. De meeste leden zijn serieus op zoek naar een partner. Maar er zijn altijd mensen die het voor de anderen verpesten.'

Ik bedank hem voor de snelle reactie en wil ophangen, maar hij is me voor.

'Een ogenblikje nog. Weet u zeker dat u geen lid wilt blijven?'

'Heel zeker.' De brutaliteit!

Meteen daarna bel ik de politie en vraag naar Anneke van Duin. Gelukkig heeft ze dienst.

'Och hemel,' zegt ze meelevend nadat ik mijn verhaal heb gedaan. 'Deze man is wel heel vasthoudend. Helaas kunnen wij ook geen hotmailadressen natrekken. Maar ik zou je toch aanraden aangifte te doen.' Vervolgens gaf ze me haar doorkiesnummer en legde neer.

Ik wil nog steeds geen aangifte doen, want dan komt mijn belager achter mijn naam en adres.

Zal ik Therese bellen? Het zou wel fijn zijn mijn hart te luchten, maar ik doe al zo vaak een beroep op haar. En misschien is het verstandiger die klootzak zo veel mogelijk te negeren, anders gaat hij mijn gedachten en dáármee mijn leven beheersen. De situatie is zo al vervelend genoeg.

Resoluut zet ik mijn kwelgeest uit mijn hoofd, en ga kijken of er een mailtje van Bas is. Ik ben benieuwd of hij al op mijn berichtje van gisteravond heeft gereageerd. Daar is nog net even tijd voor, voordat Jessica komt poseren.

Wanneer Outlook zich opent, komt er een e-mail van mijn fotograaf uit New York binnen, met zoveel bijlagen, dat het een paar minuten duurt voor het hele pakket binnen is. Dan blijkt dat Bas me foto's heeft gestuurd van mensen die hij kent. Van vrienden. Van zijn buurvrouw van tachtig. Van zijn favoriete plekken, zoals de *diner* waar hij meestal ontbijt. Er is zelfs een foto bij van een bananasplit. 'Daar ben ik aan verslaafd,' staat erbij. O, wat een leukerd, die jongen weet precies hoe hij me moet veroveren. 'Ik ben gevleid dat je me je eigen e-mailadres hebt gegeven,' schrijft hij. 'En eerlijk gezegd boeit *connect-ya* me totaal niet meer sinds ik jou heb ontmoet.'

Ik mag dan een stalker hebben, maar gelukkig heb ik ook een aanbidder die ik helemaal zie zitten!

McDonalds spint langs mijn kuiten en ik buk me om zijn oortjes te kroelen. 'Donnie, het ziet ernaar uit dat je concurrentie krijgt.' En daar houdt mijn grote, dikke kater niet van. Als Bas hier ooit over de vloer komt, is de kans groot dat McDonalds het op een blazen en bijten zet. Hij houdt simpelweg niet van mannen, met Stef als enige uitzondering. Maar die kent hij dan ook vanaf de tijd dat hij heel klein was.

In mijn atelier drapeer ik alvast lakens op de sofa en schenk een glas whisky voor Jessica in. Dat zal haar helpen zich te ontspannen. Misschien een onorthodoxe methode, maar wel eentje die werkt als je voor het eerst van je leven naakt poseert.

Ik berg net de fles weer op in de stellingkast als Jessica binnenkomt. Wat heeft ze nou toch weer aan? Een te grote spijkerbroek die alleen blijft zitten omdat er een strakke riem omheen zit, en een sportjasje met capuchon. Tot nu toe heb ik haar alleen maar in onflatteuze slobberkleding gezien. Zou ze er ook zo bij gelopen hebben toen ze nog met Alex ging of is dit een reactie op het verbreken van hun relatie?

Ze wijst naar de sofa. 'Moet ik daarop?' vraagt ze, terwijl ze zenuwachtig met haar ogen knippert.

Die whisky is hoogstwaarschijnlijk geen overbodige luxe. 'Alsjeblieft.' Ik overhandig haar het glas. 'Opdrinken. In één teug.'

Verbaasd kijkt ze me aan, pakt het glas en zet het braaf aan haar mond. 'Goh, dat brandt,' zegt ze even later. 'Maar ik voel me wel lekker relaxed.'

Ik ga nog even door met de lakens, verschuif hier en daar wat stof en maak een paar extra plooien. Achter me klinken geluiden, een rits die open gaat. Kledingstukken die op de grond vallen.

'Klaar,' roept Jessica. 'En nu?'

Wanneer ik me omdraai, staar ik naar een naakte Jessica. Ze heeft brede schouders, een smal middel en lange benen. Haar borsten zijn klein, maar stevig. Ik had wel zo'n vermoeden dat ze een goede bouw had, maar zoveel moois had ik niet verwacht.

'Je bent perfect, Jesse.'

Verbaasd kijkt ze me aan. 'Vergeleken met jou ben ik net een jongetje.' Ze wijst op haar borsten. 'Cup A.'

'Nee, joh, die passen bij je, je hebt echt een geweldig figuur.'

Mijn welgemeende compliment in combinatie met de alcohol doet haar zichtbaar goed. Zonder enige gêne loopt ze naar de sofa en gaat erop liggen.

Jessica heeft als vanzelf een goede pose aangenomen, iets wat je zelden meemaakt met modellen. Ik hoef alleen haar arm een tikje te verschuiven en haar gezicht iets meer naar me toe te draaien.

'Lig je zo comfortabel?' vraag ik.

'Zalig. Ik ben alleen een beetje aangeschoten, is dat erg?' Ze giechelt.

'Welnee, als je maar niet in slaap valt.'

'Nee, zo erg is het nu ook weer niet...'

Met een rustgevend muziekje op de achtergrond begin ik met houtskool op het doek te schetsen en vergeet de tijd tot Jessica omhoog komt en haar been masseert.

Natuurlijk, ze heeft kramp. Heel normaal na meer dan een uur poseren. Ze heeft een pauze nodig, maar eerst maak ik snel een paar foto's met mijn digitale camera om haar houding vast te leggen. Dan kan ik aan haar portret werken als ze niet aanwezig is.

'Zo, van dat poseren word je stijf, zeg,' zegt Jessica, terwijl ze rondjes door het atelier loopt.

'Ja, maar je doet het goed, hoor, de opzet schiet lekker op.'

Jessica vraagt of ze naar het doek mag kijken, maar dat heb ik liever niet. 'Als het klaar is, goed?'

Ze knikt en vraagt of er nieuws is over *Herinnering*.

'Dat ben ik je helemaal vergeten te vertellen,' roep ik. '*Herinnering* is terecht.'

'Gelukkig, dan is dat probleem opgelost. Je kneep 'm behoorlijk, hè?' Ze gaat weer op de sofa zitten. 'En hoe gaat het met daten? Nog leuke mannen tegengekomen?'

Bij de gedachte aan Joop69 slaat de stress toe.

Niet aan denken. Zelfs niet over praten.

'Eén man springt eruit, qua leuk dan,' zeg ik. 'Zijn naam is Bas, een Nederlandse fotograaf die momenteel nog in New York woont. Over een poosje komt hij voorgoed terug naar Amsterdam. Hij wil nieuwe mensen leren kennen, zijn sociale contacten zijn verwaterd, daarom zit hij op de datingsite. Hij schreef dat hij me geweldig vindt. En dat is wederzijds, Jesse, hij ziet er zo lekker uit.'

'Wat een kanjer,' roept Jessica even later, wanneer ik, omdat ze bleef aandringen, zijn foto van boven heb gehaald. 'Eindelijk een man die niet op een zeilboot staat of op een motorfiets zit. Maan, wat heb jij toch een mazzel.'

'Inderdaad. En hij schrijft zo grappig. Als hij in Amsterdam is, ga ik lekker voor hem koken, en dan zien we wel verder.'

Voordat Jessica kan reageren, gaat de telefoon.

Het is Allard. 'Ik bel je over *Herinnering*,' zegt hij meteen ter zake komend. 'Het stuk is dan wel terecht, maar er klopt iets niet. Ik vond een briefje naast de doos. Heel klein opgevouwen, daarom was het me niet eerder opgevallen. "Volgende keer beter opletten", staat erop. Iemand heeft een flauwe grap uitgehaald.'

Een onplezierig gevoel bekruipt me. De term 'flauwe grap' heb ik net iets te vaak gehoord. Wie zou zoiets doen? Maar ik weet het antwoord eigenlijk al. Het was Mister X, zoals ik mijn stalker in gedachten ben gaan noemen.

'Het zit me niet lekker,' gaat Allard verder. 'Ik durf mijn hand in het vuur te steken voor mijn personeel. Er is al een cijferslot op het depot gezet en ik ben de enige die de code weet. Het briefje moet er dus al die tijd gelegen hebben. Maar het was zo klein, dat ik het over het hoofd heb gezien.' Hij schraapt zijn keel. 'Ik vond dat je dit moest weten, maar ik beloof je dat ik voortaan extra goed zal opletten.' Daarna mompelt hij een snelle groet en verbreekt de verbinding.

Waarom juist *Herinnering*? vraag ik me af. Toeval? Of betekent dit dat hij iemand is die ik ken? Bij deze gedachte versnelt mijn ademhaling en begint mijn gezicht te tintelen. Bewust adem ik naar mijn buik. Dat helpt, na een paar minuten komt mijn lichaam weer tot rust.

'Wat is er aan de hand?' vraagt Jessica.

Ik vertel haar dat iemand me lastigvalt en beschrijf de telefoontjes, het fluitje en het feit dat hij zich via *connect-ya* aan me op heeft gedrongen.

Jessica kijkt me verontwaardigd aan. 'Waarom heb je dat niet eerder gezegd? Dan had je niet in je eentje hoeven piekeren.'

Ik haal mijn schouders op. 'Ik dacht het zelf wel af te kunnen.'

'Jemig, Maan, moet je zien hoe je zit te beven.' Ze loopt naar de stellingkast en schenkt een laagje whisky voor me in.

Ze heeft gelijk, ik sta te trillen op mijn benen.

'Heb je enig idee wie die man kan zijn?' vraagt Jessica.

Ik neem een slok. 'Nee. Het is gewoon een of andere gek. Alsjeblieft, laten we hem niet zoveel aandacht geven, dat gun ik hem niet. En bellen doet hij toch niet meer sinds ik zo hard op dat fluitje heb geblazen.'

De telefoon rinkelt alweer. We staren naar het apparaat, en dan naar elkaar.

'Zal ik?' stelt Jessica voor. 'Stel dat het hem is? Ik pik het niet dat iemand jou het leven zuur maakt. Echt niet.'

'De telefoontjes zijn gestopt, Jessica, dat zei ik toch al.'

Maar Jessica beent al als een kleine, kwaaie pitbull in haar blote kont naar de telefoon en neemt op.

'Hallo? O, hoi Stef, met Jessica.' Ze knipoogt naar me. 'Maan is even bezig.'

Een paar minuten later, als ze opgehangen heeft, meldt ze dat Stef zaterdag gaat optreden in een hardrockcafé. Er zou een andere band spelen, maar die heeft afgezegd. 'Hij heeft ons uitgenodigd, en vanavond komt hij hier barbecueën omdat het zulk mooi weer is. Hij neemt het eten mee.' Jessica gaat weer op de sofa zitten. 'Maar nog even over je stalker.'

'Daar wil ik het niet meer over hebben,' kap ik haar af. 'En dit gesprek blijft onder ons.'

9

Het is een prachtige avond. Een van de eerste warme zomeravonden van het jaar. In plaats van te piekeren zet ik alles van me af: ik ga genieten van het eten en het fijne gezelschap. Gewoon, een lekker simpel avondje barbecueën in de tuin.

Jessica komt de trap afgedenderd in een vormloos wit T-shirtjurkje. Nee hè, nou kan niemand zien dat ze zo'n prachtig figuur heeft.

O, wat zou ik graag de inhoud van haar kledingkast naar een textielbak voor het goede doel willen brengen. Misschien moet ik een keer met haar gaan winkelen, kleding kopen die een tikje vrouwelijk en geraffineerd is. Niet té, daar zou ze zich niet comfortabel bij voelen. Maar met dat perfecte lijf en dat guitige koppie van haar zou ze een heuse schoonheid kunnen zijn.

Het geluid van een motor galmt door het hofje: het is Stef die met zijn leren jack en motorlaarzen de bink uithangt op zijn oude Norton. Terwijl hij zijn motor op slot zet, lopen we naar de voordeur om hem te begroeten. Zijdelings kijk ik naar Jessica. Ze staart naar Stef. Och, Jezus, ik herken die blik. Zo kijken vrouwen vaker naar hem, gefascineerd door zoveel mannelijk vertoon. Ze moesten eens weten dat er in dat grote lijf een onzeker jongetje schuilt. Op relatiegebied dan. Maar dat heb ik de avond van de verhuizing toch duidelijk aan Jessica verteld? In het bijzijn van Stef nog wel.

Was ik niet duidelijk genoeg? Stef is werkelijk als de dood om verliefd te worden. Een beetje verliefd, dat trekt-ie nog wel.

Maar echt grote passie? Alles liever dan dat! En Jessica heeft een man nodig die helemaal voor haar gaat, zeker na haar vervelende ervaring met Alex.

Voorkomen is beter dan genezen, dus vertel ik haar onomwonden dat Stef het laatste is waar ze op zit te wachten. 'Als partner maakt hij je doodongelukkig, hij heeft al heel wat verdrietige, verliefde vrouwen achter zich gelaten.' Om Stef niet al te zeer af te vallen voeg ik eraan toe dat je als goede vriend honderd procent op hem kan bouwen. En daar is geen woord van gelogen.

Als een klein meisje dat betrapt is tijdens het stelen van een handvol snoepjes, kijkt ze me aan. 'Ik staarde, hè? Viel het zo op? Maak je geen zorgen, ik vind hem gewoon een mooie man. Maar ik wil voorlopig toch single blijven.'

Opeens staat Stef voor onze neus. Hoeveel van ons gesprek heeft hij opgevangen?

'Single?' vraagt hij, terwijl hij mij nieuwsgierig aankijkt. 'Al een echte vent gevonden?'

Gelukkig. Hij denkt dat we het over míjn zoektocht naar de ideale man hebben.

Jessica pakt, uit het zicht van Stef, mijn hand vast en geeft er een opgelucht kneepje in. Samenzweerderig knijp ik terug.

'Dat is een beetje voorbarig,' zeg ik. 'Maar ik heb wel een hele leuke ontdekt. Een fotograaf uit New York.'

'Klinkt interessant...'

Tot mijn verrassing komt er deze keer geen preek over de datingsite.

'... maar je weet het nooit zeker,' vervolgt hij echter. 'Op internet.'

'Ja, dat weten we nou wel,' snauw ik.

'Ik ben bezorgd, Maan.'

'Hoeft niet. Ik kan wel op mezelf passen.'

'Goed, als jij het zegt.' Hij pakt zijn rugzak uit. 'Meiden, we gaan heerlijk eten. Lamskoteletjes, gepofte aardappels en een salade, die ik thuis al heb gemaakt.'

Nieuwsgierig pulk ik de deksel van de plastic bak die hij op tafel heeft gezet. Veldsla, artisjokharten en zongedroogde tomaatjes. Niet verkeerd. Ik vis een tomaatje uit de bak en stop 't in mijn mond.

'Kan het de goedkeuring van de koningin wegdragen?' vraagt Stef.

Op de borden liggen afgekloven botten en restjes sla. Jessica eet de laatste gepofte aardappel op, met een grote lading knoflooksaus. Ongelooflijk dat ze zo slank blijft.

'Goh, lekker.' Jessica wrijft over haar buik. 'Ik zou zo nog een portie op kunnen.'

'Dat was zalig, Stef,' voeg ik eraan toe en probeer geen jaloerse blik op Jessica te werpen. *Mollig is mooi!*

'Fijn dat de dames tevreden zijn.' Stef pakt een biertje en schenkt onze wijnglazen nog eens vol. 'Maan?'

'Ja?' Ik stapel de borden op elkaar.

'Heb je toevallig nog wat van die overheerlijke bitterkoekjespudding?' Hij weet dat er altijd een voorraad toetjes in mijn ijskast ligt.

'Mag het ook tiramisu zijn?'

Stef kijkt verheugd. 'Nog beter.'

Jessica staat op. 'Ik haal het wel.' Ze verdwijnt naar binnen en neemt de borden en het vuile bestek mee.

'Wat heb ik het toch getroffen met Jesse,' zeg ik als ze haar hielen gelicht heeft. 'Ze heeft vandaag voor me geposeerd. Ze is een natuurtalent.'

'Ja, het is een leuk wijfie, hè?'

'Belangstelling?' Meteen nadat ik het gezegd heb, kan ik mijn tong wel afbijten. Het klinkt jaloers. En dat ben ik niet. Ik heb bovendien wel wat anders aan mijn hoofd, zoals het geniepige briefje dat die anonieme klootzak bij *Herinnering* heeft achtergelaten.

'Jezus, Maan,' zegt Stef. 'Alles aan haar is zo Ienie Mienie, geef mij maar wat meer vlees.'

Peilend neem ik hem op. Als je het over 'meer vlees' hebt, pas ik prima in het plaatje, gaat door me heen. Zou hij nog wel eens aan die nacht denken? Die nacht die we samen hebben doorgebracht?

Stef port nog wat in de barbecue.

Zal ik hem vertellen dat het me spijt dat ik moest lachen omdat-ie geen stijve kreeg? Uitleggen dat het van de zenuwen kwam, vanwege het vreemde van de situatie? Of zal ik het laten rusten? Stef gedraagt zich niet alsof hij er nog mee zit, volgens mij heeft hij het uit zijn geheugen gewist. Nou had hij, en hetzelfde gold ook voor mij, behoorlijk veel drank achter zijn kiezen. Ik besluit geen slapende honden wakker te maken. Ik heb mijn lesje wel geleerd: in bed duiken met je beste vriend is een van de stomste dingen die je kunt doen. Gelukkig heeft het onze vriendschap niet verknald.

Jessica komt de tuin weer in en zet een dienblad neer met drie porties tiramisu. Die van Stef is in een paar seconden verdwenen. Als hij vroeger bij ons thuis at en we hadden taart na, zorgde mijn moeder altijd dat er een extra stuk voor Stef was. 'Hij moet er nog van groeien,' zei ze dan. Ik glimlach bij de herinnering.

Naast ons, in de tuin van Ruby en William, klinkt gestommel. Het is William die een paar lege flessen buiten zet.

'Hé, die Will,' roept Stef. 'Hoe gaat het met je Bonneville? Is die rare tik er nu uit?'

'Prima, die Triumph rijdt weer als een zonnetje.'

Stef steekt een duim omhoog. 'Het is een prachtig machientje.'

Sinds Stef de motor van William onderhoudt, is er een typische mannenvriendschap tussen hen ontstaan. Voor je het weet, zit je de hele avond te luisteren naar verhalen over remschoentjes, motorblokken en meer van die technische termen.

'Wil je ook een biertje?' biedt Stef aan.

'Nou, eh, graag. Ruby en Claartje zijn niet thuis, dus het kan wel even.'

'Waar wacht je op man?' brult Stef. 'Stap dat lullige haagje over en kom erbij.'

Ik klap een tuinstoel voor hem uit en Stef haalt een koud blikje bier uit de koelkast.

William neemt een slok, zet het blikje op tafel en staart voor zich uit. Het lijkt of hij onze aanwezigheid vergeten is.

'Will, jongen, wat is er met jou?' vraagt Stef.

Ah, deze mannenvriendschap lijkt verder te gaan dan kletsen over motoren.

Ongemakkelijk kijkt William eerst naar Jessica, dan naar mij.

'Zullen we de troep in de vaatwasser zetten?' stel ik voor en knik naar Jessica, die de hint meteen begrijpt. Volgens mij wil William even alleen met Stef zijn. Maar ik heb het mis.

'Maan,' zegt William tegen mij. 'Ik wil graag dat je erbij blijft, dat je ook weet wat er speelt, vooral omdat je bevriend bent met Ruby.'

'Goed.'

Jessica verdwijnt tactvol naar binnen.

'Wat ik vertel moet wel tussen ons blijven,' zegt William nadrukkelijk.

'Natuurlijk,' roepen Stef en ik tegelijk.

'Oké dan, het gaat hierom. Het bedrijf waar ik werk, gaat fuseren en Ruby is als de dood dat ik mijn baan verlies, ze heeft er slapeloze nachten van. Zoals jullie weten, is ze sinds haar miskraam extreem gevoelig.'

'Miskraam?' roept Stef. 'Heeft ze een miskraam gehad? Tyfus, dat wist ik niet. Wat afschuwelijk voor jullie!'

'Ja.' William kijkt even naar de grond. 'We hebben er veel verdriet van. En Ruby is volledig van slag, door de hormonen. Ze heeft het heel zwaar.'

Stef knikt. 'Logisch.'

Ondanks het nare onderwerp, moet ik mijn lachen inhouden. Stef, de vrouwenkenner. Als ik kwaad ben, hoe terecht ook, roept hij steevast dat ik zeker ongesteld ben.

William zucht. 'Ik voel me zo machteloos. Hopelijk waait die hormonale toestand gauw over en wordt ze snel weer de oude.'

Hij rept met geen woord over de jaloezie van Ruby. Dat vind ik loyaal.

Wanneer Stef hem nog een biertje aanbiedt, wijst William dat af.

'Nee, dank je. Ik moet weer 's gaan, er liggen nog wat klusjes thuis.'

'Sterkte, Will. Laat het me weten als ik iets kan doen,' zegt Stef. 'Wat dan ook.'

'Dank je.' William stapt weer over de heg. Zijn schouders gebogen.

'Jemig, wat een klotesituatie,' zegt Stef nadat we de vaatwasser hebben ingeruimd en aan mijn keukentafel zitten. 'Ruby leek me zo'n stevige tante.'

'Is ze normaliter ook. Nog één laatste biertje?'

'Graag.' Hij trekt zijn stoel dicht bij de mijne. 'En nou even iets anders. Wat is er met jou aan de hand?'

'Hoezo?'

'Ik ken je als mijn broekzak, je bent de hele avond al zo gespannen als de pest. Wat zit je dwars?'

Zijn vraag doorbreekt mijn pantser. Ik begin te huilen en tussen het snikken door vertel hem alles over mijn stalker. Ik houd niets achter.

Stef luistert en stelt af en toe een vraag. 'Verdomme!' zegt hij als ik klaar ben met mijn verhaal. 'Dus hij is na die eerste keer gewoon doorgegaan? En daar heb je me niets over gezegd! Tyfus! Als ik die gozer in mijn handen krijg...'

'Weet je wat ik het engste vind?'

'Nou?'

'Dat gedoe met *Herinnering*. Hoe weet die man dat het zo'n belangrijk kunstwerk voor me is? Het lijkt wel of hij me kent.'

'Dat hoeft niet zo te zijn. Als *Herinnering* tentoongesteld wordt, hangt er toch altijd een bordje bij dat het niet te koop is?

Dan is het voor iedereen duidelijk dat het een speciale betekenis heeft.'

Dat is waar.

'En misschien is het gewoon een lullige streek van een werknemer van Allard,' gaat Stef verder. 'Hij lijkt me geen gemakkelijke vent om voor te werken. En het is trouwens behoorlijk slordig van hem om zijn depot niet te beveiligen.' Stef kijkt me onderzoekend aan. 'Maan, vertrouw je Allard?'

'Ja, ik kan me niet voorstellen dat hij me kwaad wil doen.' Dat Allard heeft gevraagd of hij een kans bij me maakte, houd ik voor me. Ik wil hem niet voor schut zetten. Zeker niet omdat Stef het nooit zo op Allard heeft gehad. Hij vindt hem een oude bok en een *dandy*. Allard op zijn beurt vindt Stef 'niet zo beschaafd'.

Stef staat op. 'Ik ga nu meteen al je sloten nakijken en als dat nodig is, kom ik morgen met mijn gereedschapskist.'

Een kwartier later staat hij weer voor mijn neus. 'Alles is pico bello in orde, ik weet niet wie die sloten erin gezet heeft, maar het is verdomd goed gedaan. En het is kwaliteitsspul. Om hier in te breken, moet je erg je best doen, en dan heb ik het niet eens over de herrie die daarmee gepaard gaat. Nee, jij kan rustig slapen, hoor.'

Ik begin weer te huilen. Van opluchting. Van het me niet meer alleen voelen.

'Kom eens hier.' Stef slaat zijn grote armen om me heen.

10

Het portret van Therese staat voor de zoveelste keer op mijn schildersezel. In een poging vast te stellen wat er nou precies mis mee is, bestudeer ik het doek vanuit verschillende hoeken, van veraf én van dichtbij. Zelfs liggend vanaf de sofa. Wat is het toch? Wat schort er nou toch aan? De kleuren zijn in balans en er is niets mis met de compositie en de verhoudingen. En toch is het niet wat het zijn moet!

Pas wanneer ik het doek tussen de andere naakten aan de muur hang, zie ik het. *Er is helemaal niets mis met het schilderij!* Nee, het zit 'm in iets anders: hoe goed geconserveerd haar lichaam ook is – Therese ziet er geweldig uit voor haar leeftijd – toch is ze wel degelijk vijfenvijftig, terwijl de leeftijd van de andere modellen tussen de twintig en dertig jaar ligt. Daardoor valt het schilderij van Therese uit de toon, het past simpelweg niet bij de rest! Over oneerlijke concurrentie gesproken... Dit kan ik Therese niet aandoen. Verdomme!

Kwaad op mezelf ijsbeer ik door mijn atelier. Dit had ik moeten bedenken vóór ik Therese vroeg model te staat. Vóór ik begon te schilderen. Wat nu?

Uit het raam starend wordt mijn blik getrokken door het vrolijke gele jasje van Claartje, die met een vriendinnetje op de stoep zit te kletsen en te giechelen. Beiden likken vol overgave aan een lolly, hun lippen rood besmeurd. Wat zijn ze nog onschuldig, zo zonder zorgen. Ik moet denken aan mijn eigen kindertijd. Hoe veilig en tevreden ik me voelde als ik in de huiskamer speelde, terwijl mijn moeder in de keuken bezig was. Opeens zie ik ook mijn favoriete speelgoed weer voor me: een geplastificeerde pop, een soort tweedimensionale *Barbie*, met verschillende garderobes die je met magneetjes op het lijfje kon plakken.

Het beeld van die pop laat me niet meer los. Ik kijk nog een keer naar Claartje en haar lolly, en dan weer naar Thereses portret. Voor ik het weet zijn de raderen in mijn hersenen op topsnelheid aan het werk. En dan weet ik wat me te doen staat! Ik ga Thereses schilderij aankleden! Met een kledingstuk van zuurtjes. Sterker nog, ik ga ál mijn schilderijen aankleden, anders is de samenhang van mijn tentoonstelling weg. En eigenlijk is het een logische stap, het ligt in het verlengde van de suikerspinbeelden. Kleding van snoep: *Candy Clothes*!

'*Candy Clothes*.' Ik zeg het hardop. Klinkt goed. Onmiddellijk buitelen beelden van vrolijke jurken, felgekleurde truitjes, mantelpakjes en bikini's door mijn hoofd. De titel van de tentoonstelling weet ik ook al: *Lick Art*!

Meteen bel ik Allard, om te horen wat hij van mijn idee vindt.

'Hallo, Manuela, hoe gaat het met je?' vraagt hij rustig en vriendelijk als hij mijn stem hoort. Niets duidt erop dat hij me laatst nog heeft laten weten dat hij me wel ziet zitten. En afgewezen is. Niets over het feit dat *Herinnering* is verdwenen en weer opdook. Ook over het briefje rept hij met geen woord. Wat is het toch een vreemde man.

De woorden van Stef, gisteravond, schieten me te binnen. *Vertrouw je Allard?*

Stop! Dit is paranoïde. Er is geen enkele reden om Allard te wantrouwen, dat verdient hij niet.

Nadat ik Allard heb uitgelegd wat ik van plan ben, blijft het een tijdje stil. Aan de andere kant van de lijn wordt gewikt en gewogen.

'Ik weet het niet,' zegt hij dan. 'Wat is er mis met je naaktschilderijen?'

Voordat ik antwoord kan geven, denkt hij hardop verder. 'Aan de andere kant, de combinatie van kunst en snoep past beter bij jou en je eerdere werk. En qua pr kan het ook geen kwaad, want het is spectaculair. *Lick Art*. En geestig. Maar is het niet te kort dag? Red je de deadline dan nog wel?'

'Natuurlijk, je kent me toch? Al moet ik dag en nacht doorwerken!'

'Goed, ga je gang, maar houd me op de hoogte van je vorderingen, oké?'

Voor we ophangen, nodigt Allard me uit om volgende week mee te gaan naar een receptie. Wanneer ik niet direct toehap, wijst hij me erop dat je als kunstenaar af en toe je gezicht moet laten zien. 'Hoe meer je opvalt, hoe beter,' voegt hij eraan toe. 'We gaan je als een kanonskogel lanceren.'

Glimlachend ga ik naar de keuken, terwijl ik al voor me zie hoe ik als een ouderwetse circusartiste met een helmpje op in een kanon lig, klaar om in de lucht geschoten te worden. Ik doe yoghurt, een banaan en suiker in de blender en kijk toe hoe een vloeibare, gele schuimende massa ontstaat.

Met twee glazen smoothie ga ik naar boven, naar Jessica.

'Hé, lekker!' roept ze. 'Valt er wat te vieren?'

Enthousiast vertel ik haar over de *Candy Clothes*.

'Wat een gaaf plan!' Gretig zuigt ze aan het rietje.

'Wat vind je van een rode jurk?' vraag ik, mijn laatste restje smoothie luidruchtig naar binnen slurpend.

'Een rode jurk?' Ze wijst naar haar wijde blauwe bermuda. 'Is hier iets mis mee? Die draag ik alleen binnenshuis, hoor.'

Met die bermuda is alles mis, maar daar gaat het nu niet om. 'Nee, joh! Ik heb het over je schilderij, je portret krijgt een rode jurk!'

'O.' Ze giechelt. 'Klinkt goed!' Ze zet haar lege glas op tafel. 'Maar hoe ga je dat doen met die zuurtjes, ga je ze smelten?'

'Da's geen gek idee. En er is vast nog meer snoep dat bruikbaar is, toffees bijvoorbeeld, die zijn makkelijk te kneden. En duimdrop. Dat lijkt een beetje op leer.' Ik kijk op mijn horloge. 'Het is bij vieren. Nog een uur voor de markt afgebroken wordt.'

'Als je me even de tijd geeft om me om te kleden,' stelt Jessica voor, 'dan ga ik met je mee.'

We lopen over de Albert Cuyp en laten de bloemenstal en de kraam met verse pasta links liggen. Evenals de Hindoestaanse stoffenwinkel, waar ik normaal gesproken geen weerstand aan kan bieden. We stoppen alleen bij de kramen die snoep verkopen.

Drie kwartier later en veertig euro armer gaan we zwaarbeladen op weg naar huis.

'Kijk, Maan,' zegt Jessica als we langs een kledingstal komen. 'Zie je dat mooie joggingpak? Die zwarte met dat witte streepje. Die wil ik hebben.'

'Jesse, heb jij ook vrouwelijke kleren?'

'Hoe bedoel je?'

'Jurken, schoenen met een hakje. Sexy dingen,' zeg ik en ik pak een kort simpel jurkje in legerprint met spaghettibandjes uit het rek.

'Ik ben meer het sportieve type, dat soort dingen staat mij toch niet?'

'Wedden van wel?' Ik duw de jurk in haar handen. 'Mag ik je hierop trakteren voor vanavond, voor het optreden van Stef? Het zal je prachtig staan.'

De verkoper schiet me te hulp. 'Je kan het passen, er is hier achter een spiegel.'

'Probeer het alleen maar,' zeg ik.

'Ja, moppie, pas het effe!' De man geeft me een knipoog.

Jessica gaat overstag en wanneer ze het pashokje, gemaakt van een lap stof, uit komt, fluit de man. Terecht. Het jurkje zit als gegoten, het is alsof er een totaal andere Jessica voor me staat. Vrouwelijk en zelfbewust.

'O.' Verbaasd kijkt Jessica in de spiegel die haar wordt voorgehouden door de enthousiaste kraamhouder.

'Mooi hè, wijfie?'

'Hij heeft gelijk, het is echt mooi!' Jessica's gezicht straalt. 'En het staat vast heel goed bij mijn Dr. Martens!'

Ik slaak een hoorbare zucht.

'Zal ik je helpen bij het zuurtjes smelten?' vraagt Jessica als we ons hofje weer inlopen. 'Tot er een nieuwe opdracht binnenkomt, heb ik alle tijd. Zeeën van tijd zelfs.'

Ik aarzel geen seconde. 'Graag.'

'Dan zijn we een echt team, net als Nicci French!'

Een team? Nicci French? Pardon? Ik ben de kunstenaar!

Ik probeer een opmerking te formuleren, waardoor ze snapt dat helpen met zuurtjes smelten niet automatisch betekent dat we een soort Acda & De Munnik zijn. Ach, wat maakt het ook uit, denk ik, terwijl ik naar haar blije koppie kijk. Jessica biedt haar hulp aan en ze bedoelt het goed. Punt.

Op de stoep voor ons huis is Claartje aan het hinkelen. Zodra ze ons ziet, rent ze op ons af. 'Manuela, er staat een bos bloemen voor je deur,' zegt ze opgetogen. 'Een hele grote bos. Met een kaartje.'

Nieuwsgierig loop ik naar de voordeur. Daar staat inderdaad een boeket met lichtpaarse bloemen. Aandachtig lees ik het witte kartonnen kaartje. Er staat 'Voor Maan, van een aanbidder' op. Handgeschreven met blauwe pen. Linksboven staat een nummer, waarschijnlijk een bestelnummer van de bloemenzaak.

'Van wie is het?' vraagt Jessica nieuwsgierig.

'Van een aanbidder.' Ik overhandig haar het kaartje.

'Krijg ik later ook aanbidders?' vraagt Claartje.

'Stapels,' stel ik haar gerust.

Claartje legt haar hand op mijn heup. 'Mag ik met jullie mee naar binnen?'

'Een andere keer.' Ik geef haar een aai over haar bol. 'Hoe is het met je moeder?'

Ze haalt haar smalle schouders op. 'Zij en papa maken vaak ruzie. Dat vind ik niet zo leuk.'

'Nee, dat is ook niet leuk, lieverd. Maar grote mensen zijn het niet altijd met elkaar eens. Heb jij wel eens ruzie?'

Ze knikt vol overtuiging. 'Laatst met mijn vriendinnetje, maar nu is het weer goed.' Opgelucht rent ze terug naar de met krijt getekende hinkelbaan.

'Een stille aanbidder,' zegt Jessica. 'Wat spannend. Wie zou dat zijn?'

Opeens is het of een band zich om mijn borstkas spant. *Als het maar niet Mister X is!*

'Jesse, ik ga meteen die bloemenwinkel bellen,' zeg ik.

Geschrokken, alsof ze mijn gedachten kan lezen, kijkt Jessica me aan. 'Och Jezus, nee toch?'

Even later draai ik het nummer op het kaartje en krijg een meisje aan de lijn.

'Goedemiddag,' zeg ik. 'Er is vandaag een boeket bij mij bezorgd, maar er staat geen afzender op. Wel een bestelnummer. Zou u na kunnen gaan van wie het afkomstig is?'

Nadat ze het nummer en mijn adres heeft gevraagd, gaat ze hoorbaar met bonnetjes in de weer. Het geknisper van papier klinkt luid in mijn oren. 'Wat voor boeket is het?'

'Ik weet niet hoe ze heten, maar het zijn lichtpaarse bloemen.'

'O, dat is waarschijnlijk lathyrus. Wacht, hier is de bon. Het boeket is telefonisch besteld en met een creditcard betaald. Maar het adres klopt niet, het boeket is naar een galerie met een of andere Franse naam gegaan. Vindt u de bloemen niet mooi?' Het meisje klinkt bezorgd.

'Jawel, het is prachtig. Ik was alleen nieuwsgierig wie me wilde verrassen. Weet u zijn naam toevallig?'

'Nee. Sorry. Maar wacht eens, er staat me bij dat het om iemand uit het buitenland ging. Ja, ik weet het alweer, het was een man die vanuit New York belde.'

De band verdwijnt als bij toverslag. Het boeket is van Bas! Hij heeft mijn boeket via de galerie gestuurd en waarschijnlijk heeft iemand van Allards personeel het even langs gebracht.

'Dank je wel,' zeg ik tegen het meisje. 'Ik kan je niet zeggen hoe blij ik hiermee ben.'

'Goh, waren al onze klanten maar zo tevreden,' hoor ik haar nog zeggen als ik de hoorn neerleg.

'En?' Jessica is ondertussen de snoep op de keukentafel aan het uitstallen. 'Telefonisch besteld door een man,' zeg ik en ik houd mijn stem met opzet neutraal. 'Betaald met een creditcard.'

'O, nee!'

'En,' ga ik triomfantelijk verder, 'hij belde vanuit het buitenland, uit New York.'

'Bedoel je...?'

'Ja, ze zijn van Bas!' Glunderend pak ik een vaas uit een van de keukenkastjes en bekijk de bloemen nog een keer. Ze zijn prachtig en teer, als ontluikende liefde, denk ik zwijmelend.

Voordat ik helemaal in een roze wolk verdwijn, gaat de telefoon. Het is Therese.

'Dag schat,' zegt ze vermoeid. 'Zeg, ik werd net gebeld door Stef, hij heeft me uitgenodigd voor zijn concert vanavond.'

Rondhangen in een rokerige kroeg en luisteren naar een keiharde rockband is niet bepaald Thereses idee van een gezellig avondje uit, maar Stef, de slimmerd, heeft benadrukt dat zijn bandje een halfjaar geoefend heeft voor deze ene avond. En Therese, die vindt dat ze alle creatieve uitingen hoort te steunen, kon het niet over haar hart verkrijgen nee te zeggen.

'Kom je eerst hiernaartoe? Dan blijf je vannacht gezellig slapen en krijg je morgen ontbijt op bed.'

'Goed. Ik ben er om een uur of negen.'

Vanavond ga ik Therese over mijn stalker vertellen, besluit ik. Het wordt tijd dat ik haar ook op de hoogte breng. Misschien kan ik haar tijdens het concert even apart nemen in een rustig hoekje en anders stel ik het uit tot we weer thuis zijn.

Ik vis mijn mobiel uit mijn tas om Stef succes te wensen. 'Ben je zenuwachtig voor vanavond?' vraag ik hem.

'Ja! Nee! Ja! Een beetje, maar dat hoort er toch bij? Dat heeft elke artiest.'

Artiest? Hij treedt gemiddeld twee keer per jaar op. Op z'n hoogst. Ik grijns van oor tot oor, dat ziet hij toch niet.

'Jullie komen toch wel, hè, jij en Jesse? Therese komt ook!' Er klinkt enige trots in zijn stem, hij vindt Therese 'een moord-wijf'. Dan wordt zijn stem ernstig. 'Heb je nog last gehad van die eikel?'

'Nee.'

'Goed! Maan, ik moet rennen, we gaan soundchecken.'

Jessica gaat naar boven en ik ga internet op om Bas te bedanken. Terwijl ik wacht tot de pc is opgestart, draai ik ongeduldig op mijn bureaustoel heen en weer.

Bas is me voor geweest. 'Vind je de bloemen mooi?' heeft hij geschreven. 'Dat paars leek me echt wat voor jou! Ik hoop dat je mijn gebaar niet brutaal vindt.'

Wat is hij toch een heerlijke romantische dwaas, ik voel zo-waar kriebeltjes in mijn buik. Na het eerste berichtje van Bas waren de andere mannen op *connect-ya* eigenlijk niet interessant meer. Niet echt. Met Bas voel ik een soort verwantschap, het klikt gewoon. Misschien speelt mee dat hij ook een creatief beroep heeft, gortdroge humor en zich niet voordoet als een geslaagde macho.

In de rest van zijn brief beschrijft hij zijn jeugd in een Brabants dorpje en zijn vroegere relaties. Twee lange van vier jaar. Hij heeft nu al een jaar geen serieuze verhouding gehad, afge-zien van wat korte affaires.

Hij vindt het jammer dat hij niet bij de opening van mijn tentoonstelling kan zijn, lees ik verder. Hij wil na afloop een uitgebreide beschrijving van alle reacties. Kijk, nóg een pre: hij is geïnteresseerd. Niet alleen in mij, maar in een heleboel din-gen. Ditmaal heeft hij muziekfragmenten van bands, waarvan hij vindt dat ik ze moet leren kennen, meegestuurd. Ik krijg tips over boeken en films. Misschien loopt hij hard van stapel, maar dat vind ik juist leuk. Hij gaat er helemaal voor.

Om vijf over negen stapt Therese de keuken binnen. Ze draagt een leren broek met een zwart T-shirt, haar steile haar is omgetoverd tot een bos wilde krullen. Wanneer ze me ziet staren, moet ze lachen. 'Maan, ik kan toch niet in een mantelpak naar zo'n motorkroeg! En de kapper van Van Houten stond erop me onder handen te nemen, toen hij hoorde dat ik naar een rockconcert ging.'

'Je ziet er geweldig uit,' roept Jessica die in haar nieuwe jurk rondparadeert. 'Echt geweldig.'

'Dank je, kind,' zegt Therese, een geamuseerde blik om haar lippen. Tot haar oog op de grote berg snoep op tafel valt. Ze wijst er met een priemende vinger naar. 'Wat zijn jullie van plan? Solliciteren jullie naar ADHD? Die troep barst van de kleur-, geur- en smaakstoffen!'

'Dat is voor de tentoonstelling van Maan, ze gaat de schilderijen aankleden,' zegt Jessica. 'Goed, hè?'

'Ik weet zeker dat Maan zelf kan praten,' zet ze Jessica op haar plaats.

Voor de derde keer die dag leg ik mijn plannen voor de *Candy Clothes* uit.

'Spraakmakend!' zegt Therese dan enthousiast.

Ik vraag Therese of ze er bezwaar tegen heeft als ik haar schilderij aankleed met een 'leren' mantelpakje. 'Misschien lukt het me een paar kilo duimdrop op de kop te tikken.'

'Bezwaar? Welnee, enig juist!' Ze krijgt het paarse boeket in het oog. 'Wat prachtig!'

'Van Bas gekregen,' zeg ik trots.

'Bas?' Therese kijkt me verbaasd aan. 'Wie is Bas?'

'Dat is een fotograaf die in New York woont. Binnenkort komt hij weer naar Nederland. Ik ken hem via *connect-ya* en hij is hartstikke leuk.'

Therese wijst naar het boeket. 'Ik moet zeggen dat hij stijl heeft.'

Dat is een groot compliment uit de mond van mijn tante.

'Verliefd op afstand, op iemand die je nog nooit in levenden lijve gezien hebt. Bestaat dat?' vraag ik me hardop af.

'Nee!' zegt Therese resoluut.

'Maar Bas is geweldig,' sputter ik tegen.

'Misschien. Hoewel je niet weet wat hij in Amerika met andere vrouwen uitvoert. En op internet kun je je veel leuker en beter voordoen dan je in werkelijkheid bent. Je hebt hem nog nooit in het echt gesproken. Of wel? Heeft hij je wel eens om je telefoonnummer gevraagd?'

'Nee. Ik ook niet om dat van hem, ik wil niets overhaasten. Volgens mij denkt Bas er net zo over, het lijkt wel of we elkaar haarscherp aanvoelen.'

Jessica schaart zich aan mijn zijde. 'Elkaar schrijven is zo romantisch, een relatie moet je langzaam opbouwen.'

'Jullie zijn een stel dwazen!' Therese kijkt ons aan alsof we de grootste sukkels op aarde zijn.

'Niet iedereen is gelijk uit op seks!' roep ik verontwaardigd.

Therese moet lachen. 'Uiteindelijk is iedereen uit op seks!'

'Hoe laat is het eigenlijk?' vraagt Jessica.

Therese kijkt op haar horloge. 'Halftien. Laten we een taxi bellen, we passen niet met z'n allen in mijn Smart. En aangezien ik morgen vrij heb én vanavond een paar glazen wijn wil drinken, laten we ons lekker rijden. Ik trakteer.'

Hij stond klaar, verdekt opgesteld. Een zonnebril op, een muts over zijn hoofd getrokken en een waterafstotende zwarte tas op zijn rug. Zomaar een fietskoerier. Niemand zou hem herkennen.

Wacht. Ze kwam naar buiten, in gezelschap van dat andere meisje en de oudere vrouw. Hij keek toe terwijl het gezelschap in een taxi stapte. Onopvallend volgde hij de auto, tot ze voor een café stopten en daar naar binnen gingen. Hij noteerde de naam en het adres. Een glimlach verscheen op zijn gezicht: hij verheugde zich nu al op het telefoontje dat hij zou gaan plegen.

11

De rook en de muziek – de band is al begonnen – komen ons tegemoet als we de volle kroeg binnenstappen. Wanneer mijn ogen zich aan de donkere ruimte aangepast hebben, ontdek ik links een lange bar. Het podium is achter in de zaal.

'Wijntje, dames?' vraag ik. 'Droge witte?'

'Lekker,' zeggen Therese en Jessica als uit één mond.

Wachtend op mijn beurt vang ik een glimp op van een bassende Stef. Zelfverzekerd, alsof hij nooit anders gedaan heeft, staat hij daar op het kleine podium. Zijn basgitaar laag op zijn kruis, zijn benen stoer uit elkaar. Wat een podiumbeest! Een golf van trots gaat door me heen.

'Zeg het maar,' roept de barman. Hij leunt naar voren en gluurt naar mijn borsten

Mijn zwarte mini-jurkje is redelijk beschaafd en heeft geen noemenswaardig decolleté, maar mijn cup dubbel D valt nu eenmaal op. Altijd. Wanneer mannen even staren, doe ik niet moeilijk, maar langdurig loeren maakt me laaiend.

Gelukkig valt deze jongen in de eerste categorie. Hij zet de glazen op de bar. 'Alsjeblieft dame, drie witte wijn.'

'Laat het wisselgeld maar zitten.' Ik duw hem vijftien euro in zijn hand en manoeuvreer me door de menigte, op zoek naar Therese en Jessica die vooraan bij het podium staan. Jessica draagt haar Dr. Martens onder haar nieuwe jurk en ik moet toegeven dat het geinig staat. Lekker brutaal. Een jongen met lang haar probeert haar aandacht te trekken, maar ze heeft het niet door. O, wat een naïeve sukkel.

Therese lijkt zich onverwacht goed te vermaken, ze krijgt nogal wat aandacht van een paar ruige motorbinken op leeftijd. Vol verve flirt ze terug. Daar kunnen Jessica en ik nog heel wat van leren.

'Je moet mannen niet te serieus nemen,' heeft Therese wel eens tegen me gezegd. 'Flirten is een spel waar je van moet genieten, je merkt later wel of een man relatiemateriaal is of niet.' Lachend voegde ze eraan toe: 'En meestal is dat niet het geval.'

Wanneer ik Therese en Jessica hun glas geef, legt iemand een hand op mijn schouder. Het is William, Ruby staat lachend achter hem.

'Wat leuk dat jullie er zijn,' roep ik opgetogen en val Ruby om de hals.

'We hebben Stef beloofd om naar zijn concert te komen,' zegt ze, haar mond tegen mijn oor. 'Claartje heeft een oppas.'

Heel verstandig, het zal die twee goed doen om weer eens samen uit te gaan en een beetje plezier te maken.

Ik haal Therese weg uit haar groep 'aanbidders'. 'Kom, dan kan ik je aan Ruby en William voorstellen.'

'Als je haar maar wel weer bij me terugbrengt,' brult een reusachtige man met een grijs staartje en een *Harley Davidson* T-shirt aan.

Therese gaat direct met me mee. 'Zo daar ben ik netjes vanaf. En ik wil Ruby nu eindelijk wel eens ontmoeten.'

Door de harde muziek is een gesprek onmogelijk, maar er worden handen geschud en glimlachjes uitgewisseld. Therese en Ruby lijken elkaar op het eerste gezicht sympathiek te vinden. William haalt een rondje voor ons allemaal.

De rest van het concert staan Ruby en William rustig vanaf de zijkant van het podium te luisteren, hun vingers verstrengeld. Ik sta met Therese en Jessica als een stel groupies mee te joelen en te dansen. Stef kijkt als een kat die een schoteltje melk krijgt. Opeens denk ik aan Mister X. Als hij er niet was, zou ik de avond van mijn leven hebben. Maar hij is er wel en de continue dreiging op de achtergrond begint steeds meer op mijn zenuwen te werken. Voor we van huis vertrokken, heb ik met zorg alle ramen gesloten en de deuren naar de tuin op slot gedaan, terwijl ik normaliter gewoon de deur achter me dichttrek.

'Hoe vond je het?' vraagt Stef na het concert. Hij neemt een te grote teug uit zijn bierflesje en weet nog net te voorkomen dat hij zich verslikt.

'Geweldig.' Ik moet lachen om de gitarist die me probeert te versieren. Hij doet me denken aan een mug die niet van wijken wil weten.

'Schatje,' lalt de mug. 'Weet je dat je een lekkere chick bent, met die prachtige tieten van je. En het is duidelijk dat je op me geilt.'

'Droom maar lekker verder,' zet ik hem op zijn plaats.

'Zeg, Peter,' brult Stef. 'Gedraag je. Deze dame is een goede vriendin van me en ze is niet in je geïnteresseerd. Ze zoekt een echte kerel.'

Peter druipt af. 'Sorry, hoor, ik wist niet dat je haar voor jezelf bestemd had.'

We schieten in de lach.

Stef slaat zijn arm om mijn schouder en drukt me even tegen zich aan. Dan loopt hij naar de rest van de bandleden.

Ik, op mijn beurt, slenter naar Ruby en Jessica, die in een hoekje staan te kletsen. Ze hebben het over de laatste roman van Heleen van Royen.

'Maan, heb jij die ook gelezen?' Jessica probeert me in het gesprek te betrekken.

'Een aanrader...' Ruby doet verwoede pogingen haar zin af te maken, maar het lijkt wel of ze geen lucht krijgt. Naar adem happend rent ze naar de uitgang.

'Wil jij William waarschuwen?' vraag ik Jessica en ik ga achter Ruby aan.

Shit, Ruby staat te hijgen en te piepen. Ze is doodsbang. Ik loods haar naar een houten bankje, een paar meter verderop.

Volgens mij is ze aan het hyperventileren. Bij gebrek aan een plastic tasje raad ik haar aan haar handen voor haar gezicht te houden. Ze volgt mijn advies op en heel langzaam wordt haar ademhaling weer normaal. Ik pak haar hand vast en zo zitten we een tijdje in stilte naast elkaar.

'Dank je,' zegt Ruby zacht. 'Ik ben blij dat je bij me bent.'

'Dito.'

'Ik zit gewoon nog niet goed in mijn vel.'

Wanneer ik voorstel dat ze misschien een keer met een professional moet praten, schuift ze als door een wesp gestoken van me weg. 'Ik ben niet gek, hoor!'

De intieme sfeer is onmiddellijk verdwenen.

'Tuurlijk niet,' zeg ik. 'Waarschijnlijk is het puur lichamelijk. Door die hormonen, dat kan toch onderzocht worden? En het is geen schande om met een therapeut te praten.'

Ze kijkt voor zich uit. 'Het gaat vanzelf wel weer over. Als de baan van William veilig is gesteld.'

'Maar er is zat werk in zijn branche, hij vindt zo een nieuwe baan, dat heeft hij zelf gezegd,' probeer ik haar gerust te stellen.

Kwaad veert ze overeind. 'Sinds wanneer bespreekt William zulke dingen met jou? Hebben jullie soms ook over mij gepraat?' Haar gezicht vertrekt van woede. 'William wil me ook al naar "een professional" hebben,' sneert ze.

Mijn poging haar duidelijk te maken dat ik niet achter haar rug met William samenspan, mislukt.

Ze wil niet luisteren, in plaats daarvan staat ze op. 'Ik wil naar huis.'

'Zal ik William voor je halen?'

'Nee,' kat ze me af. 'Dat kan ik zelf wel.' Ze loopt naar de kroeg waar de deur openzwaait.

Het is William, op zoek naar zijn vrouw. 'Gaat het, schat?' vraagt hij. 'Of was dat concert te veel voor je? Wil je naar huis?'

'Ja.'

Hij draait zich naar mij toe. 'Tot ziens, Maan. Dank je voor de goede zorgen.'

Ruby wandelt weg zonder een woord te zeggen en laat mij als aan de grond genageld achter.

Binnen loop ik rechtstreeks naar de bar om een whisky te bestellen, ik heb behoefte aan een borrel.

'Hé,' zegt de barman. 'Heet jij toevallig Maan?'

'Ja.' Hoe weet hij dat nou?

'Je vriendje heeft gebeld, hij is op zoek naar je.' Hij wijst op een meisje met dreadlocks dat bier aan het tappen is. 'Zij had hem aan de lijn. Miriam! Miriaaaam!'

Het meisje kijkt op. 'Kom d'r aan.' Ze rekent af en loopt dan naar me toe. 'Je vent belde, hij was naar je op zoek.'

'Ik heb helemaal geen vent. Misschien ben je in de war met iemand anders.'

'Nee, hij zei dat je een zwarte mini-jurk aanhad,' zegt ze bierglazen omspoelend. Haar handen bewegen in razend tempo. 'En om eerlijk te zijn, vond ik het nogal een engerd. "Doe de groeten aan mijn roodharige slet," zei hij. Ik heb geen zin om dat soort boodschappen door te geven, dus voed die gozer even op, wil je? Of beter nog: zet hem aan de kant.'

Roodharige slet? De opmerking komt aan als een dreun op mijn hoofd. Jezus, hoe weet die klootzak dat ik hier ben en een zwarte jurk aan heb? Angst kruipt langs mijn ruggengraat omhoog. Therese! Waar is Therese? Me een weg door de menigte banend doorkruis ik de zaal van links naar rechts tot ik mijn tante vlak bij de toiletten vind. Voor ik iets kan zeggen, wijst ze met haar hoofd naar een hoekje achter de bar. Daar staan Jessica en Stef tot mijn verbazing te zoenen.

We zijn er getuige van dat Stef Jessica van zich af duwt. Hij kijkt verward, Jessica kwaad. Oei, daar gaat iets helemaal mis. Stef beent haastig weg en botst daarbij tegen mij op.

'Verdomme, Maan,' zegt hij. 'Ze besprong me en ik heb een paar biertjes te veel op en ik heb haar teruggekust, tot het tot me doordrong waar ik mee bezig was. Ik heb mijn excuses gemaakt en gezegd dat ze een fijne meid is, maar dat dit een vergissing was. Toen werd ze pislink.' Hij kijkt naar het podium. De andere bandleden zijn hun instrumenten aan het inpakken. Bekkens worden losgeschroefd, snoeren opgerold. 'Shit, ik moet de jongens helpen.'

Jessica staat ondertussen huilend naast Therese. Er beginnen mensen naar ons te kijken en elkaar aan te stoten.

'Er is een taxistandplaats op de hoek,' zegt mijn tante droogjes. 'Volgens mij is het tijd om te gaan.'

'Wat is dat toch met mannen?' valt Jessica uit als we in de taxi zitten. 'Waarom behandelen ze me altijd zo raar? Ik dacht dat Stef me leuk vond. Hij kuste me!'

'Die kus duurde niet veel langer dan twee seconden,' is Thereses reactie. 'En het was jouw initiatief. Ik stond er vlak naast en zag het gebeuren.'

'Bedoel je dat er iets mis met mij is, dat geen enkele man op me valt?' Jessica schreeuwt bijna.

Ik vind dat er genoeg commotie voor vanavond is geweest. Meer dan genoeg. Eerst Ruby, toen dat misselijke telefoontje en nu Jessica. Hield ze haar kop maar. Ik wil rust. Alleen zijn met Therese, bij haar schuilen. Haar vertellen hoe bang ik ben.

'Stef is zo'n stuk,' lalt Jessica.

Verdomme, ze is dronken, en niet zo'n beetje ook.

'En nou is het afgelopen.' Therese wordt kwaad. 'Als je niet tegen drank kan, moet je maat weten te houden.'

Jessica kalmeert op slag en de rest van de rit is ze stil. Therese rust met haar hoofd tegen de rugleuning, ze ziet grauw van vermoeidheid. Verdomme, vanavond kan ze er niets meer bij hebben, zeker mijn problemen niet. Ik moet tot morgen wachten.

Bedankt, Jessica!

12

Om tien uur 's ochtends ligt Therese nog in bed. Ik zit aan een stevig ontbijt van gebakken eieren met spek en koffie. Veel koffie, want ik ben duf en bekaf. Niet vanwege een overmaat aan drank, ik heb me gisteren ingehouden omdat ik van plan was vandaag met de zuurtjes te experimenteren. Maar het nare telefoontje van mijn stalker bleef maar door mijn hoofd spoken. Hij moet me wel gevolgd zijn, bedacht ik, hoe moest hij anders weten dat ik in die kroeg was? Dat betekent dat hij weet waar ik woon en dat maakt me bang. Na uren woelen ging ik mijn bed uit, controleerde de sloten voor de tweede keer en zocht in mijn medicijnenkastje naar een stripje slaappillen. Er zat er nog eentje in en daarmee was ik binnen een paar minuten onder zeil. Tot de wekker onverbiddelijk afging.

Er klinken voetstappen op de trap. Dat moet Jessica zijn. *Nee hè, ik heb nu geen zin in gezelschap.*

'Maan?' Aarzelend komt Jessica binnen, bleek en katerig. 'Ik eh... Ik wil mijn verontschuldigingen aanbieden. Voor mijn uitbarsting in de taxi en... nou, gewoon voor mijn stomme gedrag.' Er verschijnen rode blosjes op haar gezicht. 'Het is geen excuus, maar ik had te veel gedronken. Daarom werd ik een beetje vervelend.'

Een beetje vervelend? Wat een understatement.

Ik maak een armgebaar naar een van de stoelen en schenk haar zonder iets te zeggen een kop koffie in, die ze snel achterover slaat.

'Stef zal me wel een raar wijf vinden,' gaat Jessica verder. 'En volgens mij denkt Therese er ook zo over.'

'Welnee, joh. Therese vind niets raar en Stef zal allang blij zijn als je niet boos meer bent.' Daar ben ik niet helemaal zeker van, maar als ze zich verder koest houdt, loopt het waarschijnlijk wel los.

'Vind je dat ik Stef even moet bellen om me te verontschuldigen?'

Dat is werkelijk het stomste wat ze doen kan. 'Stef ligt nu zijn roes uit te slapen, die kun je beter niet storen.'

Begrijpelijk dat ze haar verhaal kwijt wil, maar ik heb nu geen tijd voor emotioneel gedoe, ik heb wel wat anders aan mijn hoofd: een stalker die niet van wijken weet, én een tentoonstelling die af moet. Ik sta op. 'Sorry, Jessica, ik moet nu echt aan het werk. Zuurtjes smelten.'

'Weet ik, ik had toch beloofd je te helpen? Even snel een boterham, wat paracetamol en dan sta ik tot je beschikking.'

De rest van de ochtend proberen Jessica en ik verschillende manieren uit om rode zuurtjes te smelten. En dat blijkt niet mee te vallen. We verknallen twee pannen en bijna de magnetron, maar uiteindelijk komen we uit op een au bain-marie-constructie waarbij de keiharde substantie langzaam stroperig en vloeibaar wordt. Mits je blijft roeren en regelmatig water toevoegt. Het kost behoorlijk veel tijd en is zo arbeidsintensief als de pest, maar ik ben allang blij dat het lukt.

'Maan, als jij naar je atelier gaat, neem ik het smelten wel voor mijn rekening,' biedt Jessica aan. 'Dan kan jij gaan ontwerpen.'

'Zeker weten?'

'Ja, met een kater als de mijne, is roeren in een pan het enige dat mijn hersenen aankunnen.'

Voordat ze van gedachten verandert, haast ik me naar mijn atelier en zet een cd op, waarvan Bas me een fragment had gestuurd en die ik meteen heb gekocht: Aimee Mann. 'Meidenmuziek met ballen'.

Ik pak een rol doorzichtig papier, knip een groot stuk af en hang het over het portret van Jessica. Met tape zet ik het vast op de achterkant van de lijst. Daarna ga ik druk in de weer met ontwerpen, verscheuren én opnieuw ontwerpen. Mijn angsten en problemen verdwijnen, in ieder geval tijdelijk, naar de achtergrond. Mijn werk vergt zoveel concentratie dat er geen ruimte is om aan iets anders te denken.

Pas na verschillende pogingen – er gaan heel wat papier en tape doorheen – begint het ergens op te lijken en ligt de omtrek van een korte strapless jurk voor me. Nadat ik die uitgeknipt en rood heb geverfd, houd ik de papieren jurk voor het schilderij om het effect te bekijken. Het ziet er spetterend uit. Ik kan niet wachten tot de echte zuurtjesjurk erop zit.

Oké, stap twee. Met een vlijmscherp chirurgisch mesje een mal snijden uit een van de platen hardboard die ik nog in de kast heb staan. Maar eerst wil ik weten hoe het met Jessica en de zuurtjes gaat.

Wanneer ik de keuken instap, komt de zoete walm me al tegemoet. Nieuwsgierig kijk ik in de pan op het fornuis, waarin Jessica met een geconcentreerde frons op haar gezicht aan het roeren is. 'Het gaat lukken, maar het duurt nog wel even voor dit allemaal gesmolten is.'

Mijn laatste beetje irritatie jegens Jessica ebt weg. 'Dank je wel. Dit scheelt me zoveel extra werk.'

'Kleine moeite,' zegt Jessica. 'Ik heb zoveel aan jou te danken. Een dak boven mijn hoofd, en wat voor dak. Ik woon in een geweldig appartement én ik ben ongelooflijk blij met jouw vriendschap. Het is fijn iets terug te kunnen doen.'

Waarom gaat ze nou op die toer? Gisteren dat gejengel en nou weer dat overdreven dankbare. Jessica huurt een etage bij me en daar betaalt ze voor. Punt. We kunnen het goed met elkaar vinden. Punt.

'Zeg, niet zo overdrijven, hoor!'

De scherpe ondertoon lijkt haar totaal te ontgaan. Of ze negeert het, dat kan ook. Onverstoorbaar giet ze nog een beetje water in de pan.

Dan valt mijn oog op de theekop van Therese, een wedg-woodkopje dat ze uit haar hotel meegenomen heeft. 'Is Therese wakker?' vraag ik hoopvol.

'Niet meer, ze heeft thee gedronken en daarna is ze weer naar bed gegaan, ze zei dat ze nog lang niet uitgeslapen was.'

Ik heb haar dus net gemist. Verdomme, nu moet ik tot van-middag wachten.

Wat een klus, dat snijden van die mal. Het kost zoveel kracht dat er blaren op mijn duim en wijsvinger verschijnen. Met een paar pleisters eromheen werk ik stug door: dit gaat me lukken!

Als de mal bijna klaar is, komt Therese, na een klopje op de deur, binnen. 'Goedemorgen, werkbij.' Ze werpt een blik op de rode jurk van papier die nog op het schilderij van Jessica zit. 'Dat ziet er spannend uit. Stoor ik?'

'Nee hoor.'

Therese gaat op de sofa zitten. 'Ondanks Jessica's gedrag, heb ik me gisteren boven verwachting vermaakt, maar ik geloof dat ik nogal wat gemist heb. Wat was er aan de hand met die leuke buurvrouw van je?'

Ik vertel haar dat Ruby een miskraam heeft gehad, dat ze nog steeds van slag is en gisteravond begon te hyperventileren. 'Ze gedroeg zich zo vreemd. We kunnen het meestal prima samen vinden, maar gisteren werd ze opeens wantrouwig, op het vij-andige af. Misschien is dat mijn eigen schuld, want ik begon over professionele hulp en dat viel helemaal verkeerd.'

'Arme vrouw, een kind verliezen is vreselijk,' zegt Therese. 'Het kost veel tijd om over zo'n verlies heen te komen, heb maar een beetje geduld met haar.'

Net als ik haar over Mister X wil vertellen, roept Therese dat ze haar beautycase uit de auto moet halen. 'Ik heb een nieuw merk multivitamine ontdekt en voor jou ook een pot gekocht. Ik ben zo terug.'

Wanneer ze mijn atelier weer binnenstapt, houdt ze een vaas met een enorm veldboeket voor zich uit. 'Kijk eens wat er voor je deur stond! Die aanbidder van jou zet er vaart achter. Wat een doorzetter, het tweede boeket in twee dagen. Attent hoor. Waar wil je die vaas hebben?' vraagt Therese. 'Hier in het atelier?'

'Ja. Zit er een kaartje bij?' vraag ik.

'Hier heb ik het.' Therese houdt een wit kaartje dicht bij haar gezicht. Ze is te ijdel om een bril te nemen.

'Ik weet heus wel dat je de tekst al uit je hoofd kent. Vertel.'

Ze schraapt haar keel. '"Voor een prachtige vrouw" staat er. Het is met een typemachine getikt of op een printer afgedrukt. Dat valt me tegen, zoiets persoonlijks schrijf je toch zelf?'

'Staat er geen naam van een bloemist bij?' vraag ik dringend.

'Nee, alleen die woorden: "Voor een prachtige vrouw".'

Ik pak het kaartje uit haar handen en draai het om. Dan zie ik de tekst 'Niet meer fluiten, jij!' staan. Ik zak door mijn benen en begin als een kind te huilen.

Therese schrikt. 'Kind toch, is er iets aan de hand?'

Ik knik. 'O, Therese, je moest eens weten.' En dan vertel ik haar wat ik de laatste tijd te verduren heb gehad. Tot het telefoontje van gisteren aan toe. 'Hij wist waar ik was, hij wist zelfs wat ik aanhad,' zeg ik angstig.

Therese trekt wit weg. 'Och, mijn hemel. Waarom heb je me dit niet eerder verteld?'

'Eerst leek het me beter die man zo weinig mogelijk aandacht te schenken, vervolgens stelde ik het uit omdat ik je niet ongerust wilde maken. En gisteren gaf Jessica haar *onewomanshow*, en daarna was je bekaf.'

Ze pakt mijn hoofd liefdevol in beide handen. 'Maan, voor jou ben ik nooit te moe. Ook al heb ik je niet persoonlijk gebaard, voor mij ben je míjn kind. Als iemand aan jou komt, komt-ie aan mij. Je mag zoiets belangrijks nooit meer voor me achterhouden.'

In haar armen huil ik zachtjes, terwijl ze me heen en weer wiegt.

Therese vindt dat ik alsnog aangifte bij de politie moet doen.

'Hij weet nu toch waar je woont, je hebt niets meer te verliezen.'

Dat is waar. 'Ik zal morgen die agente bellen die me de tip van het fluitje gaf,' beloof ik.

'Misschien moet ik een bodyguard voor je huren?' stelt Therese voor.

'Nee!' Daar moet ik echt niet aan denken.

'Een privédetective dan? Die kan je op afstand volgen en zo misschien die vreselijke man in zijn kraag grijpen.'

'Dan voel ik me helemaal zo gevangen.'

Therese pakt haar tas en haalt er een busje pepperspray uit. 'Dan wil ik dat je dit continu bij je draagt.'

'Hoe kom je daar nou weer aan?' roep ik. 'Dat is toch illegaal?'

'In Frankrijk niet.' Ze geeft me een knipoog.

'Niet dat ik het niet wil hebben...'

'Heel verstandig,' zegt ze. 'En zei je nou dat Stef je sloten gecheckt heeft?'

'Ja, en die waren goed. Kwaliteitsspul noemde hij het.'

'Dat is in ieder een geruststelling.'

Ik pak het veldboeket op. 'Maar eerst gaat dit in de prullenbak. Nee, sterker nog, het moet naar de vuilcontainer. Mijn huis uit!'

'Dat doe ik wel,' biedt Therese aan. 'En vannacht blijf ik hier logeren.' Ze verlaat het atelier en neemt het boeket met zich mee.

Vastbesloten om mijn tentoonstelling door niets en niemand te laten verpesten, pak ik mijn tekenblok en kleurpotloden om *Candy Clothes* te schetsen, maar voordat er iets op papier staat, belt Stef me op mijn mobiel.

'Maan, even snel, want we moeten de bandbus terugbrengen. Moet ik Jesse mijn excuus aanbieden? Niet dat ik iets verkeerds gedaan heb, maar ik heb geen zin in gedonder.'

'Ze schaamt zich dood, dus zij zal jou waarschijnlijk eerst haar excuses aanbieden.' Even overweeg ik hem ook over de bloemen te vertellen, maar ik heb nu geen zin meer om erover te praten. Een andere keer, besluit ik.

Ik ga naar de keuken en overhandig Jessica de telefoon. 'Stef,' fluister ik en neem het roeren over.

De rode massa is zowaar in beweging gekomen.

Vijf minuten later staat Jessica weer voor mijn neus. 'Niets meer aan de hand. De lucht is volledig geklaard,' zegt ze en ze wijst naar de pan. 'En volgens mij zijn de zuurtjes eindelijk vloeibaar.'

We proberen de zoete vloeistof eerst in het kleine malletje te gieten dat ik hiervoor snel uitgesneden heb. Wanneer de dunne laag eenmaal uitgehard is, krijgen we het echter niet van de hardboardplaat af die we als ondergrond hebben gebruikt.

'Misschien moeten we die plaat invetten?' bedenkt Jessica. 'Of bakpapier erop doen. Heb je dat ergens liggen?'

We herhalen onze poging, nu mét bakpapier, en ditmaal laat het gietseltje met gemak los. Dus storten we ons op het echte werk en gieten de mal van de rode jurk.

Het is donker buiten. Na een afhaalmaaltijd van de Chinees heeft Therese zich teruggetrokken in de logeerkamer met een boek, is Jessica naar haar eigen etage vertrokken en ligt 'de rode jurk' uit te harden. Ik zit in mijn werkkamer achter de pc. Tijd voor Bas.

'Heb griep, hoge koorts. Lig in bed.'

'Arme jongen, zal ik virtuele kippensoep voor je maken?' mail ik terug. 'Een washandje op je voorhoofd leggen? IJs voor je halen? Een kusje erop?'

Ik schrijf nog wat over het experiment met de rode jurk, het concert van Stef – geen woord over mijn stalker, daar wil ik hem niet mee afschrikken – en log uit. De telefoon rinkelt, ik leun achterover en pak de hoorn van de haak.

Stilte. Dan hoor ik zachtjes iemand ademhalen.

Mijn hart slaat een slag over.

'Een veldboeket voor een straatmadelief,' zegt de stem die ik ondertussen uit duizenden herken.

Opeens word ik woedend. Woest. 'Wie ben jij, ziekelijke el-
lendeling?' schreeuw ik mijn frustratie eruit. 'Dacht je dat een
zielenpiet als jij me bang kon maken? Mooi niet! Schijtbak, je
durft niet eens te zeggen wie je bent. Lekker anoniem blijven,
hè.'

Ik knal de hoorn op de haak. Zo, deze reactie had hij vast niet
verwacht. Even voel ik me heel sterk. Ik lust 'm rauw.

Therese, die me heeft horen schreeuwen, komt binnenren-
nen in haar nachtpon. 'Wat is er? Is het die man?'

'De enige echte. Maar ik heb hem verrot gescholden, dat zal
hem leren, die klootzak. Is-ie nou helemaal?'

'Goed zo, je moet je niet laten intimideren.' Ze geeft me een
klopje op mijn schouder. 'Zeg, Maan, zijn alle ramen en deuren
al op slot?'

'Zeker weten. De gordijnen zijn ook dicht.'

'Prima. Dan zetten we die nare kerel nu uit ons hoofd. Bed-
tijd. Red je het of wil je dat ik bij jou in bed kruip?'

'Dat hoeft niet. Je bent immers vlakbij.'

'Welterusten, lieverd.' Gapend verdwijnt Therese naar de logeerkamer.

Voor het geval die rotzak nog een keer belt, ga ik op zoek
naar het fluitje dat ik uiteindelijk in de keukenla vind, het
touwtje zit er nog aan. Ik hang het om mijn nek. En nu ik toch
klaarwakker ben, kan ik net zo goed in het atelier gaan kijken of
de zuurtjesjurk al hard genoeg is.

Even later hang ik nieuwsgierig boven de mal met inhoud
die mooi rood en glanzend is. Voorzichtig druk ik er met mijn
vinger op. Keihard. Perfect. Hopelijk blijft de jurk niet aan het
bakpapier plakken. Voorzichtig, zodat er niets scheurt of
breekt, ga ik aan de gang. Een mesje bij de hand. De mal gaat
gemakkelijk los, ik hoef het mesje maar twee keer te gebruiken.
Missie gelukt.

Ik ga naar mijn slaapkamer. 'Mammie wordt modeontwerp-
ster,' fluister ik net in McDonalds' vachtje, als de telefoon alweer rinkelt.

'Onbekend' staat er op de nummermelder.

'Dit is het antwoordapparaat van Maan, spreek in na de piep,' klinkt mijn eigen stem door de kamer.

Er klinkt gekreun, gehijg en nog meer gekreun.

Gadverdamme, hij is aan het masturberen. Zijn adem gaat steeds sneller. Fascinatie en walging strijden om voorrang. Een vreemde die seks met mij heeft, of beter gezegd, met het beeld van mij in zijn hoofd.

Hij slaakt een kreet. 'Ja, o lekker, lekker.'

Op zijn moment suprême neem ik de hoorn van de haak, zet het fluitje aan mijn mond en blaas zo hard ik kan.

'Au, godverdomme,' mompelt mijn hijger. Hij laat de hoorn op de haak vallen.

Coïtus interruptus. Dat zal hem leren!

'Wat krijgen we nou weer?' Therese staat in de deuropening.

'Luister.' Ik druk op de playknop van het antwoordapparaat.

Met grote ogen luistert Therese naar het bandje. Wanneer het fluitje klinkt, houdt ze haar handen voor haar oren en gaat op de rand van mijn bed zitten. 'Wat een smeerlap. En hij is ook nog een slechte minnaar. In twee minuten klaar.'

We proesten het uit.

'Eigenlijk is dit helemaal niet grappig,' zeg ik dan. 'Het is triest. En ziek.'

13

In mijn adressenboekje zoek ik het nummer van Anneke van Duin op.

Wanneer ik haar aan de lijn krijg en mijn naam zeg, herkent ze me meteen. 'Hoe gaat het met je?' vraagt ze.

'Niet zo goed. Ik wil nu wel aangifte doen.'

Ze luistert naar mijn samenvatting van de laatste gebeurtenissen, die eindigt met 'de telefoonseks'.

'Dat gaat wel ver,' laat ze zich ontvallen. 'Staat zijn masturbatie-actie nog op je antwoordapparaat? Zo ja, bewaar dat bandje. Dat kunnen we later misschien gebruiken.' Dan vraagt ze me de data en tijdstippen waarop hij belde.

Gelukkig heb ik haar raad opgevolgd en ze in een schriftje genoteerd, dus ik kan ze zo opnoemen. Ik geef haar mijn telefoonnummer en ook mijn volledige naam, adres en geboortedatum.

'Hoef ik dan niet naar het politiebureau te komen?'

'Eigenlijk wel, maar ik heb alle gegevens nu toch voor me. Het kan even duren,' zegt ze. 'Maar je hoort zo snel mogelijk van ons. Ondertussen wens ik je sterkte, en pas goed op jezelf.'

Ik weet niet of de politie mijn beste vriend is, maar Anneke vind ik verdomd sympathiek.

In de keuken doet Therese honing in haar muntthee. De damp slaat er nog vanaf. 'En?'

'Geregeld. Ze gaan er achteraan.'

'Ik moet naar het hotel. Kan ik jou hier met een gerust hart achterlaten?' vraagt Therese me over haar kopje heen aankijkend.

'Ja, natuurlijk.' Ik wijs op de pepperspray die op de keukentafel ligt. 'Die hou ik buitenshuis bij de hand. Binnen is het veilig.' Ik zorg ervoor dat mijn toon zo luchtig mogelijk blijft, anders is Therese in staat haar tenten bij mij op te slaan. 'En we zijn hier met z'n tweeën in huis, Jessica is er ook nog.'

Mijn tante heft haar ogen naar het plafond. 'Die is zo instabiel als de pest. Weet je nog dat we het gisteren hadden over een psycholoog voor Ruby? Nou, ik denk dat Jessica er ook wel eentje kan gebruiken. Haar gedrag is nogal onvoorspelbaar. Dat ze zich zo aan Stef opdrong, vond ik ronduit vreemd, en dan dat geschreeuw in die taxi. Heel onbeschaafd.'

'Mij heeft het ook geïrriteerd, maar ze heeft haar excuses aangeboden,' neem ik het voor haar op. 'Ze kan gewoon niet tegen drank.' Wanneer ik benadruk dat Jessica op extreem lullige wijze aan de kant is gezet door de man die ze het meest vertrouwde, lijkt Therese niet onder de indruk.

'Dat weet ik al, maar dan nog.'

'En haar moeder zit al jaren in een verzorgingstehuis omdat ze dement is.'

Dat lijkt Therese iets milder te stemmen.

'En ze heeft een goed hart,' ga ik verder. 'Ze staat altijd klaar om me te helpen. Als je ziet hoe hard ze met die tengere armpjes in die pan met zuurtjes stond te roeren.' Dan gooi ik mijn sterkste troef op tafel. 'Toen jij haar leeftijd had, was je ook niet bepaald stabiel.' Met mijn handen maak ik het aanhalingstekengebaar in de lucht.

Therese lacht. 'Die is raak! Ik slaagde er altijd in, gewild of ongewild, om de boel op stelten te zetten. Altijd de eerste die naakt het zwembad indook. Je vader heeft me heel wat keren uit de penarie gehaald.'

Thereses eerlijkheid weet me telkens weer te ontwapenen. Zij zal zich nooit beter voordoen dan ze is, daarvoor is ze te recht door zee.

'Je ziet een beetje pips.' Therese schenkt ons beiden nog een kop thee in. 'Heb je vannacht wel goed geslapen? Niet meer aan die afschuwelijke man gedacht?'

'Welnee, geen seconde.'

Niets is minder waar. Omdat de slaappillen op waren, heb ik uren wakker gelegen, me afvragend wie Mister X in godsnaam zou kunnen zijn. Iemand die ik ken? Iemand uit mijn eigen omgeving? Ik kwam tot de conclusie dat hij een vreemde moet zijn. Vervormd of niet, zijn stem klinkt op geen enkele manier vertrouwd. Maar het is wel iemand die bekend is met mijn werk. Misschien heeft hij een tentoonstelling gezien en een ongezonde belangstelling voor mij ontwikkeld? Wie weet heb ik ooit zelfs een praatje met hem gemaakt tijdens een opening! Dat hij ook het lef heeft gehad om zomaar de galerie en het depot van Allard binnen te dringen, geeft aan dat hij hondsbrutaal is en niet bang om risico's te nemen. Dat laatste baart me nog de meeste zorgen.

Therese haalt me uit mijn sombere overpeinzingen. 'Zou het een ex van je kunnen zijn?'

'Een ex? Nee. Uitgesloten.' Ik heb alleen wat korte relaties gehad en niet één daarvan is op vervelende wijze beëindigd.

'Is er iemand die zich de laatste tijd een beetje raar gedragen heeft?' vist Therese door.

'Niet dat me is opgevallen.'

'We hebben dus geen enkele aanwijzing,' stelt Therese vast. 'Nog niet.' Er ligt een bezorgde trek om haar mond. 'Ik vind het echt niet prettig jou hier achter te laten. Mocht het nodig zijn dan hevelen we jou en je hele atelier over naar Van Houten.'

Verrast kijk ik haar aan. 'Dat is nogal een onderneming, al die schilderijen, mijn verf en dan heb ik het niet eens over mijn zuurtjessmelterij. Daar zal je keukenpersoneel vast niet blij mee zijn.'

Therese werpt me een blik toe waaruit blijkt dat dit haar geen snars kan schelen. 'Luister, Maan. Ik heb momenteel twee prioriteiten: dat jij veilig bent én dat je de deadline van je tentoonstelling haalt. Dit is je grote kans.'

Beneden slaat de voordeur in het slot. Dat moet Jessica zijn, ze zou vandaag bij haar moeder op bezoek gaan. In plaats van haar gewoonlijk zo lichte tred, klinken haar voetstappen zwaar. En traag. Geen goed teken. Als ze de overloop bereikt heeft, steek ik mijn neus om de hoek en vraag of ze ook thee wil.

'Graag.' Jessica laat zich op een keukenstoel neerploffen. 'Met een berg suiker.'

'Had je moeder een slechte dag?'

Ze kijkt verdrietig. 'Zo zou je het kunnen noemen. Ze herkende me niet en begon te huilen, omdat ze dacht dat ik haar pop wilde afpakken. Vroeger had ze nog wel eens een helder moment, maar dat komt bijna niet meer voor.'

'Wat vreselijk voor je moeder. En voor jou.' Ik schenk thee voor haar in en doe er drie klontjes suiker in.

'Ja, heel naar.' Ook Therese is vol medeleven.

Zou mijn pleidooi voor Jessica gewerkt hebben?

'Heb jij vannacht geen last gehad van het lawaai?' vraagt Therese even later aan Jessica.

'Lawaai? Welk lawaai?'

'Maans stalker had een bronstige bui,' vervolgt Therese. 'Hij was zichzelf aan het bevredigen. Maar op het moment dat hij een orgasme kreeg, heeft Maan haar fluitje in de strijd geworpen en zijn gehoorzenuw een enorme beschadiging toegebracht. Hopelijk is de schade deze keer blijvend.'

'Dat ik dat niet heb gehoord! Nou, díe zit nu waarschijnlijk bij de KNO-arts. Net goed.'

Therese heft haar kopje. 'Laten we hopen dat hij zijn lesje geleerd heeft.'

Zelf heb ik geen enkele illusie dat hij van plan is me met rust te laten, en van al dat gepraat erover word ik alleen maar nerveus. 'Gaan jullie mee naar mijn atelier?' stel ik daarom voor. 'Ik heb een verassing voor jullie.'

Vanochtend, in alle vroegte, heb ik de rode jurk op Jessica's portret bevestigd. Het rood is fel en tegelijkertijd enigszins doorzichtig. Het heeft iets, ja, iets lekkers, het nodigt uit tot aanraken. Om je tong erlangs te laten gaan.

Met z'n drieën gaan we naar beneden, waar ik Thereses naaktportret uit voorzorg tussen een paar andere doeken tegen de muur uit het zicht heb gezet.

Over het portret van Jessica hangt een laken. Met een dramatische zwaai trek ik het weg, als bij een officiële onthulling. 'Voilà.'

'Wat mooi!' Op Jessica's gezicht breekt een hartverwarmende glimlach door. 'Dit is helemaal te gek. Maan, je maakt mijn hele dag weer goed.'

Therese kijkt aandachtig naar het doek met het glanzende rode vlak. Dan steekt ze beide duimen op. 'De tegenstelling tussen de verf en de glanzende laag snoep is intrigerend. Erotisch zelfs.'

Jessica kijkt van het schilderij naar haar grijze joggingbroek. 'Misschien moet ik een rode jurk kopen?'

'Het aanschaffen van wat vrouwelijke kleding lijkt me sowieso een goed idee,' zegt Therese. 'Die jurk met die spaghettibandjes, die je tijdens het concert van Stef aan had, stond je uitstekend.'

'Over kleren gesproken.' Ik pak de eerste schetsen van de *Candy Clothes* erbij, ook vanochtend gemaakt, en toon ze aan mijn gretige publiek. Een paarse avondjurk met blote buik, een gele hotpants, heel jaren zeventig, en een oranje voetbaltenue met de opdruk *FC Candy*. De volgende uit de stapel is een ontwerp voor een wit verpleegsterspakje, waarvan de bovenste knopen uitdagend openstaan.

Therese lacht. 'Ga zo door. Wordt mijn mantelpak de volgende?' Ze kijkt op haar horloge. 'O jee, ik moet ervandoor. Mijn nieuwe hotelmanager zit op me te wachten, we moeten het een en ander doornemen.'

Zou ze hem al veroverd hebben?

Mijn tante geeft me een knipoog.

Ja, dus.

'Hou me op de hoogte.' Thereses toon is weer ernstig. 'Zorg dat je die spray altijd bij je draagt, en je weet: één telefoontje, en we verhuizen de boel.' Ze kust mijn wang, een vleugje van haar parfum waait in mijn neus. Coco van Chanel.

'Spray?' vraagt Jessica. 'Waar heeft Therese het over?'

'O, niets.' Ik heb geen zin er nog één woord aan vuil te maken.

Verdomme, die blaren op mijn duim en wijsvinger beginnen nu toch wel erg pijn te doen. Er moet toch een andere manier zijn om die mallen uit te snijden? Ach, natuurlijk. Een decoupeerzaag. Stom dat ik daar niet eerder aan heb gedacht. Stef heeft er vast en zeker eentje. Ik probeer hem thuis en op zijn mobiel te bereiken. Geen gehoor.

Dan ga ik er zelf maar een kopen, ik heb zo'n ding gewoon nodig. Ik schiet mijn jas aan, pak mijn tas en ga naar buiten, naar mijn fiets.

Verdomme! Twee lege banden. Ik ga door mijn knieën om te checken of de ventieltjes er nog in zitten. Nee. Een of andere onverlaat heeft ze eruit gehaald.

Achter me klinken voetstappen. Vanuit mijn ooghoeken zie ik leren mannenlaarzen naderen, mijn hand gaat onmiddellijk naar de pepperspray in de zak van mijn jas. De voetstappen komen dichterbij en ik schiet omhoog.

Voor me staat William. Oef, gelukkig. Ik laat de spray weer los en begin van pure opluchting te ratelen. 'Wat goed dat ik je toevallig tegenkom. Sinds het concert heb ik zo vaak aan jullie gedacht. Hoe gaat het met Ruby? Heeft ze nog last gehad van hyperventilatie?'

Moet ik hem vertellen over Ruby's wantrouwige houding die avond na het concert? Beter van niet, William heeft immers al genoeg aan zijn hoofd en die paranoïde kant van Ruby heeft hij vast vaker te zien gekregen dan hem lief is.

'We zijn vanochtend naar de huisarts geweest.' William doet zijn bril af en poetst hem op. Zonder dat lullige ziekenfondsmodelletje is hij eigenlijk best aantrekkelijk. 'Hij heeft haar kalmerende tabletten gegeven en een verwijsbriefje voor een psycholoog. Ruby komt er wel bovenop.' Hij wijst naar mijn lege fietsbanden. 'Hulp nodig?'

'Nee, ik moet alleen even twee nieuwe ventieltjes pakken en dan als de sodemieter naar een bouwmarkt om een decoupeerzaag te kopen.'

'Je kan die van ons wel lenen. Die gebruiken we toch bijna nooit.'

Dankbaar neem ik zijn aanbod aan en loop achter William aan hun huis in. Binnen ligt Ruby duf op de bank. Op de tafel naast haar ligt een doosje van de apotheek. *Diazepam* staat erop. Ze reageert niet op onze komst.

'O, liefje toch,' zegt William bezorgd, terwijl hij zich naar haar toebuigt en haar wang streelt. 'Maan is hier, ze wil graag onze decoupeerzaag lenen. Dat is toch wel goed, hè?'

Ruby reageert nog steeds niet. In plaats daarvan sluit ze vermoeid haar ogen.

'Ik ga de zaag pakken, houd jij ondertussen een oogje op Ruby?'

Ik knik. Voorzichtig ga ik op de rand van de bank zitten, het leer kraakt onder mijn billen. Zachtjes leg ik mijn hand op haar schouder.

'Laat los!' Haar stem klinkt schor.

'Wat?'

'Laat los!' zegt ze nogmaals en ze draait zich op haar zij, haar rug demonstratief naar me toe.

Dit lijkt een herhaling van haar gedrag op het bankje voor de kroeg, na haar aanval van hyperventilatie. Heeft ze het nu weer benauwd of is dit iets persoonlijks? Omdat ik niet weet wat ik anders moet doen, blijf ik zitten en zorg ervoor dat er voldoende afstand tussen Ruby en mij blijft.

Tegenover me aan de wand hangt een uitvergrote foto, een vakantiekiekje van Ruby en William, ieder aan een rietje zuigend uit één cocktailglas. Ruby ziet er gelukkig uit. Jong, ontspannen, stralend. Dát is de Ruby die ik ken, niet de vrouw die als een zielig hoopje mens op de bank ligt, zo stil en afwerend.

De tranen prikken in mijn ogen, ik kan ze nog net binnenhouden als William de kamer inkomt en me een rechthoekige doos in mijn handen duwt.

Als hij ziet hoe Ruby erbij ligt, schrikt hij zichtbaar. 'Maan,' fluistert hij, 'ik geloof dat je beter kan gaan.' Hij loodst me naar de gang. 'Trek het je niet aan als ze onaardig tegen je gedaan heeft, dat schijnt bij haar toestand te horen. Ze bedoelt het niet zo.'

Met de doos stevig onder mijn arm geklemd, wil ik de deur dichtdoen. Achter me klinkt gehuil. Het gehuil wordt harder en gaat over in gebrul. Jezus, is dat Ruby? Ze klinkt als een gewond dier.

Geschokt ga ik naar huis.

14

Het is misschien een beetje laf, maar de afgelopen dagen ben ik thuis gebleven, daar voel ik me op dit moment toch het veiligst. En aangezien er meer dan genoeg te doen is voor mijn tentoonstelling, maakte ik van de nood een deugd en dook mijn atelier in. Ik ben dan ook flink opgeschoten met het aankleden van mijn 'naakte dames'. Een van hen, zittend in een grote fauteuil, is nu gekleed in een zeegroene halterjurk. *Vrouw die op de bus wacht* draagt een verpleegstersuniform, compleet met kapje. Natuurlijk slaat zo'n kapje nergens op, die dingen worden al eeuwen niet meer gedragen, maar ik kon het niet laten. Het is zo sexy.

Op de grond, tussen de opengeslagen modetijdschriften en bladzijden die ik ter inspiratie uit verschillende tijdschriften heb gescheurd, liggen een roze catsuit en een blauwe doorzichtige nachtpon gereed om op de schilderijen bevestigd te worden. Ik heb zelfs een begin gemaakt met het mantelpakje voor Thereses portret. Omdat duimdrop nergens op korte termijn in grote hoeveelheden te krijgen was, heb ik jujubes gekocht, die ik opplak en lichtjes opschuur tot het oppervlak egaal is. Het glanst je tegemoet, het is net echt leer dat pas ingevet is.

In de keuken liggen zuurtjes in alle mogelijke kleuren. Het smelten doe ik nu zelf, maar Jessica assisteert me nog steeds met gieten: we werken samen als een goed geoliede snoepmachine.

Tot mijn verbazing houdt Mister X zich gedeisd. Al vijf dagen heb ik niets van hem gehoord. Zolang heeft hij me, sinds hij mijn leven binnendrong, nog nooit met rust gelaten. Elke dag die verglijdt zonder 'nummer onbekend', briefjes of boeketten, lijk ik vrijer te kunnen ademen. Zou hij zomaar opgehouden zijn mijn leven zuur te maken? Dat lijkt me sterk, maar misschien is hij ziek. Of heeft hij een ander slachtoffer gevonden? Eentje zonder fluitje?

Therese, die me elke dag even belt, gelooft geen seconde dat ik van mijn kwelgeest af ben. 'Hij speelt gewoon een spelletje met je. Het lijkt me echt iets voor hem om je eerst op adem te laten komen en dan weer toe te slaan, waardoor de schok harder aankomt,' zei ze vanochtend. 'Ik kan niet wachten tot de politie die klootzak ontmaskert, dan gaan we hem toch te grazen nemen...'

'Oog om oog...'

'Precies.'

Door het raam valt het zonlicht naar binnen. Opeens heb ik het helemaal gehad met dat binnen zitten. Ik wil geen gevangene meer zijn van mijn eigen angst. Ik pak mijn tas en stop het busje pepperspray in het zijvak. Manuela Helt laat haar leven niet meer verpesten!

Wanneer ik de deur uitstap, kijk ik toch voor alle zekerheid even om me heen. In het hofje zitten een paar moeders. Ze zijn druk in gesprek, terwijl hun kinderen op felgekleurde wipkippen heen en weer schommelen. Geen verdacht persoon te zien.

Het is heerlijk buiten. Van de ene op de andere dag is de zomer echt losgebroken. Het tere lentegroen is vervangen door zoetgeurende rozenstruiken, en de geveltuintjes die zo typerend zijn voor Amsterdam, staan in volle bloei. Het Sarphatipark is vol verliefde stelletjes, giechelende tieners en families met picknickmanden. Op mijn gemak wandel ik naar een van de terrasjes in de buurt van de Albert Cuyp en bestel verse jus en een broodje tonijn. Nadat ik mijn gezicht heb ingesmeerd met zonnebrandcrème, leun ik achterover om van de zon te genieten.

Het is een uur of drie, nog een uurtje voordat Allard me komt halen voor de receptie. Even voel ik de verleiding af te bellen en hier de hele middag te blijven zitten. Maar ik besef maar al te goed dat Allard gelijk had, toen hij me erop wees dat ik me vaker moest vertonen bij de mensen die het in de kunstwereld voor het zeggen hebben.

Uit mijn tas haal ik de ansichtkaart die ik onderweg voor Ruby heb gekocht: een afbeelding van een zomers veld vol wilde bloemen. Zou ze er prijs op stellen om post van me te ontvangen? Ik waag het erop. Ook al gedraagt ze zich de laatste tijd vreemd en vijandig, ik zal nooit vergeten hoe lief ze voor me was toen ik pas verhuisd was. Ik schroef de dop van mijn vulpen en schrijf dat ik veel om haar geef en dat ik haar die avond van het concert niet heb willen kwetsen. 'Veel liefs van Maan' zet ik eronder.

Om vier uur komt Allard me ophalen. Ik ben gekleed in een auberginekleurige jurk met wijd uitlopende mouwen, daaronder zwarte hooggehakte sandaaltjes. Nadat ik zoveel dagen in een overall heb rondgelopen, geniet ik ervan me weer eens supervrouwelijk uit te dossen.

Allard is ook op zijn paasbest en draagt een van zijn Armanipakken. Hij overhandigt me een boeket in verschillende tinten wit. Het is zo groot dat ik waarschijnlijk niet eens een vaas heb waar het in past. Zou Allard weten dat ik een boeket van Bas heb gehad? Dat is immers via de galerie verstuurd. Is dat de reden voor dit peperdure boeket dat je eerder in een balzaal dan in een gewoon huis zou verwachten? Trouwens, ik heb het sowieso gehad met boeketten sinds ik er een van Mister X kreeg. Bij de herinnering krimp ik in elkaar.

'Wat is er?' Allard kijkt me verontrust aan. 'Vind je de bloemen niet mooi?'

'Nee, dat is het niet, maar er zijn de laatste tijd een paar vervelende dingen gebeurd.'

'Iets met bloemen?' Verbazing is op zijn gezicht te lezen. 'Wat dan?'

'Kom eerst mee naar het atelier om mijn vorderingen te zien, dan hoor je dat later wel.'

'Nee, ik wil het nu weten,' zegt hij gedecideerd.

We gaan naar de keuken en terwijl ik de bloemen in een vaas zet, vertel ik Allard over mijn stalker en het boeket dat hij voor mijn deur heeft gezet.

Zijn gezicht krijgt een grimmige uitdrukking, een uitdrukking die ik nooit eerder bij hem gezien heb. 'Dit klinkt afschuwelijk. Kan ik iets voor je doen?'

Ik schud mijn hoofd. 'Therese heeft aangeboden dat ik, inclusief de inhoud van mijn atelier, terecht kan in haar hotel.'

'Goed, maar laat het me weten als je mijn hulp nodig hebt, hè? Je mag ook bij mij logeren, mijn huis is groot genoeg.'

'Dank je, dat is lief aangeboden,' zeg ik beleefd, maar dat lijkt me geen goed plan nu ik weet dat hij amoureuze gevoelens voor me koestert.

'Er zal toch geen verband zijn tussen die man en dat gedoe met *Herinnering*?' peinst Allard.

Nu mijn eigen angstige gedachten hardop worden uitgesproken, krijg ik kippenvel over mijn hele lichaam.

'Ach, ik draaf door,' zegt Allard geruststellend na een blik op mijn gezicht. 'Misschien wil ik niet onder ogen zien dat er in de galerie ook wel eens een fout wordt gemaakt. Maar genoeg hierover.'

Ik recht mijn rug. 'Zullen we mijn werk bekijken?'

In mijn atelier werpt Allard eerst een blik op de *Candy Clothes* die op de grond liggen en loopt dan tergend langzaam langs de aangeklede portretten. Zijn duim en wijsvinger in een geconcentreerd gebaar onder zijn kin. 'Boven verwachting,' zegt hij uiteindelijk. 'Geweldig. Vernieuwend ook, maar er zullen critici zijn, die vinden dat het te toegankelijk is.'

'Daar kan ik wel tegen.' Ik loop naar Thereses mantelpakje in wording en stop snel een jujube in mijn mond. 'En wat is er eigenlijk mis met toegankelijk?'

Hoewel Allard me in de auto al had gewaarschuwd dat er vooral kunstkopers voor bedrijven op de receptie aanwezig zouden zijn, had ik niet verwacht dat ik zó op zou vallen. Ik lijk wel een paradijsvogel vergeleken met al die mannen in pak. De enige kleurige noot in een zwartgrijze menigte. Na wat rondturen ontdek ik welgeteld drie vrouwen. In keurige mantelpakjes en bijpassende schoenen. 'Kom op, aan het werk,' vermaan ik mezelf, 'duik erin.'

Allard blijft het grootste deel van de tijd in mijn buurt. 'Mag ik u Manuela Helt, mijn meest veelbelovende kunstenares, voorstellen?' introduceert hij me consequent. Met mij aan zijn zijde maakt hij met de meeste aanwezigen een kort praatje. Hij vraagt naar hun echtgenotes, hun vriendinnen, hun kinderen. Naar hun laatste kunstaankopen. Allard heeft een dijk van een geheugen en ik weet toevallig dat hij ook nog een kaartenbak van al zijn contacten bijhoudt. Daarin staat zelfs wat hun favoriete wijn is: hij laat niets aan het toeval over.

'Je doet het goed,' fluistert hij in mijn oor. 'Moet je die mannen naar je zien staren. Ze zijn razend nieuwsgierig.'

'Allard, ik doe het helemaal niet goed. Ik heb niets met die mannen gemeen, ze hebben het over de beurs en over golf. Rijke mannendingen.'

'Laat ze maar praten. Zorg ervoor dat je luistert en glimlacht, dan komt het allemaal vanzelf goed. En drink niet te veel champagne. Blijf bij de les.'

Hij kan me wat. De catering is het enige dat me aan die hele receptie bevalt. Na twee glazen champagne begin ik het zelfs lollig te vinden om als een trofee meegevoerd te worden. Ik gedraag me voorbeeldig, tenminste, dat vind ik zelf. Af en toe stel ik een vraag en luister zogenaamd gefascineerd naar het antwoord. Ik lach om saaie grapjes en blijf zelfs beleefd als de aangeschoten manager van een staalconcern mijn nek begint te aaien. Alleen doe ik een stapje opzij, zodat zijn arm voor het zicht van iedereen in de lucht blijft hangen. Gelukkig neemt hij het sportief op.

Tegen het einde van de bijeenkomst – de stropdassen zijn ondertussen los, de gezichten enigszins rood aangelopen – raak ik in gesprek met een oudere dame. Ze is vast laat binnengekomen, anders was ze me met haar rode broekpak heus wel eerder opgevallen. Haar grijze haar is kortgeknipt in een smaakvolle coupe met speelse plukjes over haar oren, wat haar grote bruine ogen benadrukt.

'Volgens mij ben jij die kunstenares van wie er laatst vier werken tegelijk zijn verkocht, klopt dat?' vraagt ze.

Voor het eerst die avond vraagt iemand iets aan míj. Enthousiast vertel ik haar over de anonieme verzamelaar, over mijn komende expositie, over *Lick Art*, en dat ik altijd een fascinatie voor kunst in combinatie met snoep en voedsel heb gehad.

'Het spijt me, maar ik ben je naam even kwijt,' zegt ze verontschuldigend.

'Manuela Helt,' antwoord ik.

'Helt? Ben je misschien familie van Therese Helt?'

'Ja,' zeg ik verbaasd. 'Dat is mijn tante, de zus van mijn vader. Hoe weet u dat?'

Ze lacht. 'Een gokje.'

'Kent u haar?'

Ze knikt. 'We hebben ooit samen op de universiteit gezeten, waar we kunstgeschiedenis studeerden. Therese haakte in het eerste jaar af, wat ik overigens heel jammer vond. Ze bracht, hoe zal ik dat zeggen, leven in de brouwerij. Ze was zo intelligent, zo geestig. Hoe gaat het nu met haar?'

De lovende woorden over Therese doen me plezier. 'Prima,' antwoord ik. 'Ze is tegenwoordig eigenaresse van een hotel op de Veluwe, Hotel Van Houten.'

'Daar heb ik wel eens gelogeerd. Een fantastisch hotel. Heel smaakvol en de bediening is on-Nederlands goed. Is dat van haar? Wat enig! Wil je haar de hartelijke groeten van me doen? Misschien weet ze mijn naam nog.' Ze kijkt me alweer verontschuldigend aan. 'Ach, je zult me wel onbeleefd vinden, ik heb me nog niet eens aan je voorgesteld.' Ze steekt haar hand uit. 'Anna Garucci, noem me maar Anna.' Haar hand verdwijnt vervolgens in haar tas, ze haalt er een visitekaartje uit dat ze me overhandigt.

Ongelooflijk dat Anna en Therese ongeveer dezelfde leeftijd hebben. Therese ziet er, dankzij haar cosmetisch chirurg, tien jaar jonger uit dan Anna. Hoewel Anna haar jaren met gratie draagt. Wat ze wel gemeen hebben, is de wijze waarop ze nieuwsgierig en geïnteresseerd de wereld inkijken.

'Het spijt me dat ik jullie stoor.' Allard voegt zich bij ons. Hij slaat een arm om mijn schouder, zodat het voor de buitenwereld lijkt of we een stelletje zijn. Omdat ik hem niet in het openbaar wil afvallen, laat ik het zo. Maar prettig vind ik het niet.

'U stoort helemaal niet,' zegt Anna. 'Manuela en ik hebben gezellig gekeuveld en ik zou er prijs op stellen als u me een uitnodiging voor haar expositie stuurt.'

'Maar natuurlijk, met alle soorten van genoegen,' antwoordt Allard.

Met een vriendelijk kneepje in mijn arm neemt Anna afscheid. 'Manuela, het was bijzonder interessant je te ontmoeten.'

'Insgelijks,' zeg ik welgemeend en ik kijk haar na terwijl ze naar de uitgang loopt. Een zelfbewuste, zelfverzekerde vrouw.

'Weet je wie dat is?' fluistert Allard enthousiast in mijn oor.

'Anna.'

Hij moet lachen. 'Je weet het echt niet, hè? Anna is een grote en zeer invloedrijke verzamelaar. Het is me nog nooit gelukt haar naar een van mijn openingen te lokken, hoezeer ik daar ook mijn best voor heb gedaan. Hoe heb jij dat in godsnaam voor elkaar gekregen?'

Ik heb me ondertussen onder Allards arm vandaan gefriemeld en haal mijn schouders op. 'Het klikte gewoon.'

'Je bent een kanjer. Zie je wel hoe belangrijk dit soort bijeenkomsten is?' Hij kijkt om zich heen, de meeste gasten zijn al vertrokken. 'Een potentiële koper heeft me uitgenodigd voor het diner. Maan, ik zou je graag meenemen, maar dit wordt strikt zakelijk.'

'En daar kan je geen gezelschap bij gebruiken. Geen punt, mijn atelier wacht.'

'*Candy Clothes*?'

'Precies.' En achter de pc met Bas, maar dat hoeft Allard niet te weten.

'Ik geef je natuurlijk een lift naar huis, ik kom er toch langs op weg naar het restaurant. Dan hoef je niet alleen over straat.'

'Wat ben je toch een gentleman. Therese heeft gelijk.'

'Zegt ze dat over me?' Allard probeert het te verbergen, maar hij is zichtbaar gevleid, zijn mondhoeken krullen lichtjes omhoog.

Een halfuur later stoppen we voor mijn huis, Allard stapt uit, rent om de auto heen en opent galant het portier voor me. 'Nog een prettige avond,' zegt hij. 'En gefeliciteerd met je succes bij Anna Garucci.'

Garucci. Ik proef het woord voor in mijn mond. Wat een mooie naam. Zou ze Italiaans zijn, of getrouwd zijn met een Italiaan?

'Laat je het me weten als je weer lastig wordt gevallen?' vraagt Allard. 'Je mag me altijd bellen, al is het midden in de nacht.'

Verdorie, waarom begint Allard daar nu over? Ik voelde me net zo vrolijk. Lichtelijk geërgerd stap ik de auto uit en bedenk dan dat Allard het goed bedoelt. Berouwvol zwaai ik hem na tot hij uit het zicht verdwenen is.

Ik schenk mezelf een glas wijn in en ga naar mijn werkkamer. 'Bas, lieverd, ik kom eraan,' zeg ik tegen zijn foto die inmiddels in een zilverkleurig lijstje naast mijn computer staat.

'Hallo, prachtige vrouw,' heeft Bas me een uur geleden geschreven. 'Dank voor de dagelijkse portie virtuele kippensoep. Helaas, het heeft niet mogen baten: mijn stem heeft het begeven. Volgens de dokter moet ik een paar dagen rust houden. Niet praten en veel ijs eten. Dus brengt mijn favoriete serveerster, die van zestig, elke dag drie bananasplits naar boven. Desondanks geeft de thermometer bijna veertig graden koorts aan, ik voel me zo beroerd dat ik mijn bed induik. Sorry schatje, volgende keer zal ik je een extra lange brief schrijven.'

'Shit, was jij maar hier,' is mijn reactie. 'Of ik daar, dan kroop ik lekker bij je in bed. Beterschap en kussen.'

Er komt een nieuw berichtje binnen. De afzender is *rocodile@hotmail.com*. Geen flauw idee wie of wat dat is, waarschijnlijk ongewenste reclame. Er is me al viagra via internet aangeboden, een penisvergroting, een 'nog goedkopere' lening en pillen om af te vallen. Ik ga met de cursor naar het bericht zodat ik het kan deleten. Of zal ik toch even kijken? Ik kan het niet laten en open het bericht.

'Hoe vond je mijn boeket? Ben je geschrokken?'

Mijn hoofd begint te bonzen.

'Ik droom elke nacht van je en van wat ik met je zou willen doen. Hou je van een beetje pijn?'

Nu kan ik mezelf echt niet meer wijsmaken dat die rotzak uit mijn leven verdwenen is. De moed zakt me in de schoenen, maar ik laat me niet kennen. 'Zo, dus jij houdt van sm?' tik ik, driftig op de toetsen rammelend. 'Ben je een of andere hoge pief die graag weer kleuter wil zijn, wil je een luier om? Of ben je zo'n dombo die zich oppermachtig wil voelen? Dan moet je niet bij mij zijn. Daar heb je speciale websites voor. Daar vind je soortgenoten. Succes!'

Zo, dat voelt goed. Die engerd krijgt me er niet onder!

Een paar seconden later verschijnt een melding op het scherm dat er een nieuw bericht is. Weer is de afzender *rocodile*. Het lijkt wel of hij voor de pc heeft zitten wachten op mijn reactie.

'Let maar goed op je kat,' heeft hij teruggeschreven. 'Die loopt toch graag over straat?'

Wat? Nu bedreigt hij McDonalds. De klootzak. Shit. Waar is

McDonalds? Sinds ik thuis ben van de receptie, heb ik hem nog niet gezien. Ik ren naar mijn slaapkamer en slaak een zucht van opluchting: mijn lieve dikkerd ligt zachtjes snurkend op mijn bed.

Moet ik Mister X serieus nemen? Dat hij gestoord is, weet ik nu wel, maar hoe gestoord? Zou hij een dier, een onschuldige kat, iets aandoen?

McDonalds is meestal in de binnentuin, maar af en toe gaat hij de straat op via het kattenluikje in de voordeur. Mijn slimme kat is prima in staat om zelfstandig over te steken en hij ligt graag op een van de bankjes in het hofje.

Moet het luikje in de voordeur dicht? Nee! Ik laat de vrijheid van mijn straatvechter niet beperken. Hoewel, ik zou het mezelf nooit vergeven als McDonalds iets overkomt. Wat moet ik nou?

Ik loop naar boven, maar Jessica's deur is op slot, haar jas hangt niet aan de kapstok op haar overloop. Ik baal. Wat advies en steun waren welkom geweest.

Met tegenzin ga ik weer naar beneden, pak hamer en spijkers en bevestig een stuk hardboard voor het kattenluikje op de voordeur. Daarna ga ik naar McDonalds en aai zijn stugge vachtje. 'Sorry, Mac,' zeg ik zachtjes. 'Je mag voortaan niet meer in het hofje spelen.'

Terwijl ik mijn nietsvermoedende kater achter zijn oren krab, slaan mijn gedachten op hol. Hoe komt het dat die klootzak zoveel over me weet? Hoe is hij erachter gekomen dat ik een kat heb die graag op straat rondstruint? Is hij soms aan het posten, hangt hij rond in het hofje?

Gespannen loop ik naar het raam, doe de vitrage opzij en kijk naar buiten. Niemand te zien. Toch doe ik snel de gordijnen dicht.

Opeens schiet me iets te binnen. Ik loop naar de boekenkast, naar de map waarin ik mijn knipsels bewaar. Volgens mij heb ik tijdens een interview met een opkomend kunstblaadje gezegd dat McDonalds 'de man van mijn leven was'. Gehaast blader ik de map door. Ja. Hier staat het. 'Mijn kat is de enige man die ik elke nacht in de slaapkamer toelaat.' In dezelfde alinea staat ook dat McDonalds eraan gewend is op straat rond te schuieren.

Met een klap doe ik de map dicht en zet 'm terug. Mysterie opgelost. Maar hoe komt die gluiperd aan mijn e-mailadres? Dat heeft bijna niemand. Hoe ik ook peins en in mijn geheugen graaf, ik kan er geen verklaring voor vinden. En dat zint me niets.

Ik kruip weer achter de pc en besluit Bas te schrijven om mijn hart te luchten. Misschien haakt hij meteen af. Een vrouw die wordt lastiggevallen door een stalker, dat is niet bepaald gezellig. Maar het kan natuurlijk ook dat hij meelevend reageert, dat hij met me meedenkt. Laat ik het beschouwen als onze eerste relatietest.

Ik begin te typen en schrijf twee pagina's vol.

Zenuwachtig druk ik op *send*. Als het ooit wat wordt tussen Bas en mij, moet hij weten wat er aan de hand is. In nood leer je je ware vrienden, én de potentiële vader van je kinderen, kennen.

15

Met stramme vingers en een pijnlijke rug ga ik overeind staan om het colbert van Therese te bekijken: het getailleerde jasje valt over de heupen en heeft een kraag, zakken en knopen. Er zit zelfs een coupenaad op de borsten. Het jasje mag dan van drop zijn, maar als ik *Candy Clothes* aflever, moeten ze zo natuurgetrouw mogelijk zijn.

Net als ik het ontwerp van de bijbehorende rok aan het bestuderen ben, belt Therese.

'Gisteravond had ik zo'n vreemd, onbestemd gevoel,' zegt ze. 'Ik was bang dat er iets met je aan de hand was. Heb je soms weer last van die afschuwelijke man gehad?'

'Helaas wel.' Als ik haar de inhoud van de mailtjes vertel, die in mijn geheugen gegrift staan, wil ze weten of het kattenluikje aan de voorkant al dichtgemaakt is.

'Ja, McDonalds is woedend.' Hij zit op dit moment zelfs luid miauwend voor de voordeur en mept met zijn pootjes tegen het hardboard.

'Maan,' zegt Therese. 'Heb je al overwogen een alarmsysteem te nemen?'

Een alarmsysteem? Bah, dat associeer ik met ijzeren hekken en grote blaffende honden.

'Desnoods betaal ik het, dan huur ik de firma in die ook voor Van Houten werkt,' biedt ze aan.

'Maar, Therese,' roep ik, 'thuis is juist mijn enige veilige plek.'

'Oké, ik zal erover ophouden,' zegt ze. 'Voor vandaag dan.'

Ik hoor een zacht pufje. 'Ben je aan het roken?'

'Ja. Ik ben van de week nog even langs geweest bij Hajenius aan het Rokin. Wat is dat toch een zalige winkel.' Therese is sigarenrookster en komt maandelijks met een groepje vrouwelijke liefhebbers samen om een bolknak weg te stomen onder het genot van een glaasje champagne.

Het zou me niets verbazen als Anna Garucci ook een dergelijk clubje heeft, zo'n type lijkt ze me wel. Opeens schiet me te binnen dat ik Therese nog moet vertellen dat ik haar oude studiegenoot ontmoet heb. 'Therese? Heb jij ooit van Anna Garucci gehoord?'

Weer een pufje.

'Ze kent jou in ieder geval wel,' ga ik verder. 'Je moet de groeten van haar hebben.'

'O, ik weet het alweer. We hebben een tijdje samen kunstgeschiedenis gestudeerd. Hoe ken jij haar in hemelsnaam?'

'Van een receptie waar Allard me mee naartoe heeft genomen. Ze was ontzettend aardig, ze heeft Allard zelfs gevraagd om haar een uitnodiging voor mijn tentoonstelling te sturen. En het schijnt dat ze heel invloedrijk is in de kunstwereld.'

'Dat geloof ik best. Die vrouw wist volgens mij in de wieg al precies wat ze wilde, en ze krijgt het nog ook.'

'Therese!' zeg ik verbaasd over de scherpte in haar stem. Het is niets voor haar om zo over iemand te praten. 'Wat is er tussen jullie gebeurd? Hebben jullie soms ruzie gehad over een man?'

'Ben je gek, kind, ik heb in mijn hele leven nog nooit om een man gevochten. Nee, dat is het niet,' houdt Therese de boot af.

Ah, er is dus wel iets. 'Wat dan?' vis ik.

'Ach, dat is al zo lang geleden, dat doet er niet meer toe.'

Blijkbaar wel. Ik overweeg nog een keer aan te dringen, maar krijg de kans niet. Mijn mobieltje gaat over. 'Het is Allard,' zeg ik tegen Therese. 'Ik moet opnemen. Blijf even hangen.'

'Hallo, Manuela,' zegt Allard in mijn andere oor. 'Hoe is het met je?' Zijn toon is aimabel genoeg, maar er zit een randje spanning in, wat duidelijk maakt dat hij niet voor de gezelligheid belt. 'Ik kreeg een vreemde e-mail,' zegt hij dan. 'Van ene *rocodile.*'

'Dat is mijn stalker!' roep ik uit. 'Hij heeft mij ook mails gestuurd, hele vervelende, waarin hij McDonalds bedreigde. Wat wilde hij van jou?'

'In de mijne stond dat ik mijn computer beter moest beveiligen. Maan, deze man heeft toegang gehad tot al mijn gegevens, hij heeft zelfs in mijn persoonlijke adressenbestanden geknoeid. Mijn computermannetje heeft zojuist mijn systeem beveiligd met alle denkbare antivirussen, antispyware en firewalls.'

Dus zo is die hufter aan mijn e-mailadres gekomen. Uit het adressenbestand van Allard. Het is toch niet te geloven!

'Dit gaat alle perken te buiten,' roept Therese in mijn rechteroor.

'Wat zeg je?' vraagt Allard.

'Niets. Dat was Therese op de andere lijn, ze kon horen wat je zei.'

'Doe haar mijn hartelijke groeten.'

'De groeten terug,' zegt Therese. 'En vraag Allard of zijn computermannetje de afzender van de e-mail heeft kunnen achterhalen.'

'Therese vraagt of jullie hebben kunnen achterhalen waar die e-mail vandaan komt,' papegaai ik.

'Nee,' zegt Allard. 'Hij kon niets vinden.'

'Misschien moet ik Stef bellen om te vragen of hij naar mijn computer wil kijken,' opper ik. 'Hij heeft er verstand van.'

'Dat lijkt me verstandig,' zegt Allard links.

'Doen. Nu meteen,' zegt Therese op rechts.

Ik voel me net een komkommersandwich. Of beter gezegd: de komkommer.

In de werkplaats van Stef staat een radio keihard te schetteren. 'Stef, Ik heb je hulp nodig,' schreeuw ik eroverheen.

'Het zal eens een keer niet,' grapt hij.

Stef vloekt wanneer hij mijn verhaal heeft aangehoord. 'Brutale klootzak! Ik ben nu bezig met een spoedklus, maar daarna kom ik meteen. Misschien zijn er wat gegevens van die gozer te achterhalen via zijn e-mailadres. Een uur of vijf, is dat goed?'

'Prima.'

'En eh... Maan, als je je onveilig voelt, kom ik bij je logeren.'

Ik kan het niet laten hem te plagen. 'Je bedoelt dat een echte vent altijd van pas komt?'

'Precies. En dan krijg ik tenminste weer eens goed te eten.'

Laat in de middag hangt Allard weer aan de lijn. 'Ik kreeg daarnet nog een e-mail van *rocodile*,' valt hij met de deur in huis. 'Hij schreef dat ik beter op mijn spullen moest letten. Manuela, ik ben de hele galerie doorgelopen en op het eerste gezicht was er niets verdwenen. Maar bij het depot was het slot geforceerd en...'

Ik weet al wat er komen gaat...

'*Herinnering* is weg. Ik vrees nu echt.'

Draaierig ga ik op de grond zitten, met mijn rug tegen de koele muur. Ik kan bijna alles verdragen. Maar dit niet.

'Ik ga onmiddellijk de politie inschakelen. Red jij het in je eentje, of moet ik later even langskomen?'

'Nee, dat hoeft niet.'

'Het is niet in woorden uit te drukken hoe erg ik dit vind, schatje,' zegt Allard voor hij ophangt.

Schatje?

Verward kies ik Stefs nummer. Zodra ik zijn stem hoor, barst ik in huilen uit. '*Herinnering* is gestolen,' snik ik.

'Godverdomme,' roept hij. 'Ik kom eraan.'

Als een kip zonder kop ren ik naar de verdieping van Jessica. Ze is er weer niet. Ik maak een rondje door het huis om te checken of alle ramen en deuren op de begane grond en de eerste verdieping goed dicht zijn. Vervolgens ijsbeer ik rond tot Stef arriveert.

Huilend val ik in zijn armen en druk mijn neus tegen zijn naar zweet en smeer ruikende t-shirt.

Na een tijdje maakt hij zich van me los. 'Als jij een pot thee zet, ga ik achter dat hotmailadres aan, oké?'

Er wordt op de keukendeur geklopt. Als ik 'ja' roep, komt Jessica binnen en treft mij met mijn hoofd in mijn handen rustend aan. Voor me staat een dampende pot thee. Ik ben zo van de kaart dat ik me niet eens kan herinneren dat ik er een theezakje in heb gedaan en er water op heb geschonken.

'Maan,' roept ze enthousiast. 'Ik heb vier tassen kleren gekocht op de Albert Cuyp. En een notentaart, heb je daar trek in?'

'Nee, dank je.' Ik zucht.

'Wat is er met jou aan de hand?'

Haar vraag veroorzaakt één grote woordenbrij, die maar uit mijn mond blijft stromen. '*Herinnering* weg... *rocodile*... McDonalds' kattenluikje...' Ik klets maar door, stoppen lukt niet meer. Volgens mij ben ik aan het doordraaien.

Jessica slaat haar armen om me heen. 'Kalm maar, ik ben bij je.'

Daar sta ik dan, als een reuzin in de armen van de kleine, tengere Jessica. Even moet ik denken aan de dag dat we elkaar voor het eerst ontmoetten. Toen waren de rollen omgedraaid.

Op dat moment stormt Stef binnen. 'Ik dacht het wel,' roept hij kwaad. 'Die verdomde kloothommel heeft zich aangemeld als "Pietje Precies" en als adres heeft hij jouw straat en huisnummer gebruikt.'

'Dus het spoor loopt dood?' vraag ik.

'Ja.'

Ik begin te snikken. En houd gelijk weer op. Het resultaat is een bizar giecheltje.

'Maan,' zegt Stef onmiddellijk. 'Je moet er even uit.' Hij richt zich tot Jessica. 'Heb jij een rijbewijs?'

Jessica knikt.

'Waarom gaan jullie geen strandwandeling maken? Even weg uit dit huis.' Hij wijst naar Jessica. 'Dan rij jij Maans auto. Ondertussen ga ik nog een paar extra sloten bij de ijzerwinkel halen en jullie huis wat zwaarder beveiligen. En dan moet ik er-vandoor, want die spoedklus ligt nog op me te wachten.'

Met fijn schuurpapier bewerkte hij het brokje doorzichtig materiaal dat voor hem op tafel lag. Als de scherpe randjes eraf waren, zou het een handige presse-papier zijn. En een herinnering aan zijn doortastende actie. Hij grinnikte. Hij had laten zien dat hij lef had én gevoel voor timing. Als dat rode kreng het nu niet op haar zenuwen zou krijgen, wist hij het ook niet meer. In dat geval moest hij haar nog meer onder druk zetten. Hij wist al precies hoe: haar raken waar ze het meest kwetsbaar was.

16

Wandelend langs de glinsterende zee, met de wind die mijn haar alle kanten op blaast, verdwijnt de ergste paniek. Jessica, haar arm in de mijne gehaakt, luistert naar me terwijl ik herinneringen ophaal aan vroeger, aan mijn ouders. Aan de nacht dat ik voor het eerst in mijn eigen tentje mocht slapen. Vier was ik en mijn ouders lagen de hele nacht voor de tent te blauwbekken voor het geval ik angstig wakker zou worden. Ik vertel haar hoe mooi ik mijn moeder vond als zij en mijn vader uitgingen, hoe lekker ze rook, en dat ze dan altijd een klein drupje van haar parfum op mijn zakdoek deed. Jessica veegt mijn tranen weg, als ik huil over het verlies van *Herinnering*.

Tegen de tijd dat het donker wordt, zoeken we een strandtent op. We bestellen gegrilde gamba's met knoflook en Vlaamse frites. Het lijkt bijna een gewoon dagje uit, en als we later die avond de stad weer inrijden, voel ik me een stuk rustiger.

'Kijk.' Jessica, die goed en zeker van zichzelf chauffeert, wijst op de ijssalon vlak bij ons huis. 'Het water loopt me in de mond. Wil jij ook een ijsje?'

'Ja. Zet mij hier maar af, ik haal het wel. Parkeer jij de auto?'

'Je vergeet je pepperspray.' Ze pakt het busje van het dashboard en reikt het me aan.

In de winkel staat een lange rij, ik wacht netjes op mijn beurt en loop een kwartiertje later met twee ingepakte plakjes *cassata* naar ons hofje.

Zodra ik de deur opendoe, komt Jessica op me af. 'Je moet met me mee, naar het atelier. Nu.'

Ik ren ernaartoe en dan lijkt de grond onder me weg te zakken.

Er klinkt gegil.

Het komt uit mijn mond.

Het portret met de rode jurk is met een mes toegetakeld. Grote scheuren zijn lukraak in het doek gekerfd, het jurkje is volledig vernield. De eens zo gladde rode zuurtjeslaag oogt als kruiend ijs, er zijn stukken af en onder het schilderij ligt rood gruis. De deuren naar het terras staan open, een van de ramen is ingeslagen. Niet alleen liggen er overal glasscherven, er loopt ook een spoor van modderige voetafdrukken over de vloer.

'Je moet de politie bellen,' zegt Jessica.

Maar als ik de telefoon eenmaal in mijn handen heb, toets ik zonder na te denken het nummer van Thereses hotel in. Puur instinct.

'Therese!' roep ik als ik haar stem hoor.

'Maan? Wat is er gebeurd?'

'Mister X, mijn stalker...' kan ik nog uitbrengen. 'De rode jurk... kapot. Met een mes.' Een gierende uithaal en dan moet ik overgeven.

Jessica pakt snel de prullenbak en houdt die onder mijn neus.

Nauwelijks drie kwartier later, Therese moet alle snelheidsregels aan haar laars gelapt hebben, parkeert ze haar Smartje voor de deur. Ik herken het geluid als uit duizenden. Al die tijd heb ik als een zombie op de bank gezeten. Mijn lichaam is gespannen als een veer en tegelijkertijd voel ik me zo slap als een vaatdoek. Alsof alle energie uit me weg is gevloeid.

'Maan, liever.' Als een moederkip die haar kuiken verdedigt, snelt Therese naar me toe. 'Och, kindje toch.'

Ik kijk in de bezorgde ogen van mijn tante.

Teder veegt ze een rode krul achter mijn oren. 'Hebben jullie de politie al gebeld?'

'Ja,' zegt Jessica. 'Ze komen eraan, maar het kan even duren, zeiden ze, er zijn deze avond veel misdrijven gepleegd. We mogen niets veranderen aan de plaats van de misdaad, en de voetafdrukken moeten we intact laten.'

'Voetafdrukken?' Thereses stem gaat schril omhoog.

Jessica haalt een hand door haar haren.'Volgens mij zijn ze van sportschoenen, ik schat maat 44.'

'Ik neem je mee naar het hotel,' zegt Therese gedecideerd. 'Je blijft hier geen moment langer dan nodig is. En Jessica,' ze draait naar haar toe, 'jij kan ook mee. En nog bedankt dat je de politie gebeld hebt.'

Therese haalt een stripje uit haar tas. 'Gewoonlijk ben ik geen voorstander van kalmerende middelen, maar het lijkt me nu wel verstandig als je een valium neemt. Het is maar een lichte dosis.'

Jessica snelt naar de keuken om een glas water te halen en gaat naast me zitten, terwijl ik het pilletje doorslik. Therese is ondertussen naar mijn atelier gegaan om de ravage in ogenschouw te nemen. In gedachten zie ik het vernielde schilderij weer voor me en begin te beven.

Jessica's hand zoekt de mijne. 'Het komt goed. Het komt allemaal goed,' herhaalt ze steeds weer, alsof ze ook zichzelf gerust wil stellen.

Ik kan me niet voorstellen, dat iets, wat dan ook, ooit nog goed komt.

Met een verbijsterd gezicht komt Therese terug. 'Dit is afschuwelijk.' Ze is zo bleek dat haar rode lipstick schril bij haar huid afsteekt. 'Ik ga meteen regelen dat je een alarmsysteem krijgt.'

'Het is al na negenen,' zegt Jessica moedeloos.

'Ik heb zo mijn connecties.' Therese pakt haar suède *Filofax* uit haar tas en begint te bladeren. 'Beveiligingen, beveiligingen,' prevelt ze. 'Ah, hier heb ik het.' Ze pakt de telefoon en kiest een nummer. 'Joop, jongen,' zegt ze een paar seconden later. 'Met Therese Helt van Hotel Van Houten. Ik heb een haastklus voor jullie. Kunnen jullie zo snel mogelijk een alarminstallatie aanleggen? Het gaat om het huis van mijn nichtje in Amsterdam.'

Ongeduldig luistert ze naar het antwoord.

'Overmorgen pas? Dat is te laat. Morgenmiddag? Prima. Je bent een kanjer.' Vervolgens geeft ze het adres. 'Doe maar het hele pakket. Sloten, alarm en smeedijzer voor de ramen en deuren, mooi luchtig smeedwerk, je kent mijn smaak. Dank je, Joop, tot morgen. Dit wordt zeer gewaardeerd.' Ze legt de hoorn neer. 'Zo. Geregeld.'

Ze loopt naar me toe en gaat gehurkt voor me zitten. 'Dit is een vreselijke situatie, maar we hebben voor hetere vuren gestaan. Weet je nog hoe zwaar we het hadden toen je ouders stierven? Daar hebben we ons doorheen geslagen en dat gaan we nu ook doen. Maar eerst ga jij lekker slapen. Jessica en ik staan de politie wel te woord en ik zal Stef ook even bellen, dan kan hij de terrasdeuren dichtmaken.'

De pil begint te werken. Eerlijk gezegd voelt het wel prettig, net of ik op een wolk zweef. Als een kind laat ik me door Therese meevoeren naar mijn slaapkamer, waar ze me instopt en nog een valium tevoorschijn haalt. 'Met deze erbij ga je meteen onder zeil, je hebt je rust nodig. Morgen zien we wel weer verder.'

Therese blijft bij me zitten terwijl ik in slaap val. Ik bedenk me dat ik haar nog moet vertellen dat *Herinnering* is gestolen. Met grote moeite kan ik mijn woorden formuleren voor ik knock-out ga.

17

Ik word gewekt door Stef. Terwijl hij een dienblad met koffie, verse jus en twee croissantjes op mijn nachtkastje zet, botst hij tegen mijn bed.

'Oh, shit, ik probeerde nog wel zo zacht te doen. Goedemorgen, Maan. Hoe is-ie?' Hij gaat op de rand van mijn bed zitten en aait McDonalds, die zowaar begint te spinnen.

'Ik voel me duf.' Die valium heeft erin gehakt.

'Het is tien uur. Je hebt twaalf uur geslapen.' Hij schenkt voor ons beiden koffie in en reikt me een mok aan. 'Hier. Dat kan je wel gebruiken.'

Ik neem een slok en schiet zowat tegen het plafond. Jezus, wat een sterke bak. Zo sterk dat het laatste restje van de valiumroes op slag verdwenen is – ik kan in ieder geval weer nadenken.

'Heb je hier geslapen?' vraag ik.

'Nee, ik heb gisteravond alleen een houten plaat voor de tuindeuren geschroefd, vanmiddag komt er nieuw glas in.'

Bij het woord tuindeur loopt er een rilling over mijn rug. Ik zie het verbrijzelde glas en de vernielde jurk weer voor me. Ik pak Stefs hand. 'Fijn dat je er bent.'

'Natuurlijk, je bent mijn beste vriendin. Als jij in de shit zit, sta ik aan je zijde.' Hij maakt een gebaar alsof hij een onzichtbare hoed voor me afneemt. 'Jonkvrouwen in nood, en zo.' Hij knipoogt.

Stef gedraagt zich luchtig, maar ik weet dat hij dat voor mij doet. Zijn ogen verraden hoe aangeslagen hij is. Ik denk aan vroeger, toen we kinderen waren, en 's nachts in het pikkedonker stiekem een boswandeling maakten. Bij elk dierengeluid, bij elk knappend twijgje, stoof ik op. Stef was net zo bang, maar liet het niet merken. 'Joh, het is hier hartstikke veilig, het is alleen donker,' zei hij stoer, zijn stem zo laag mogelijk makend. 'Geef me je hand maar.' Op zijn manier beschermde hij me. Andersom was dat ook zo. Op de momenten dat hij bang of verdrietig was, werd ik van de weeromstuit sterk.

'Zeg, moet je luisteren.' Stef neemt een slok van mijn jus d'orange. 'Therese en ik hebben het volgende bedacht: terwijl jij met Jessica naar Van Houten gaat om bij te komen, nemen wij hier de honneurs waar.'

Van dat aanbod word ik even helemaal stil. Ik krijg bijna tranen in mijn ogen. 'Dat kan ik niet van jullie verlangen,' zeg ik dan.

'Maan, je zit er helemaal doorheen, en jij zou hetzelfde voor ons doen,' is Stefs reactie. 'En nou moet je wat eten.'

Langzaam peuzel ik een van de croissantjes op en geef de andere aan Stef, die hem in twee happen naar binnen werkt.

Therese steekt haar hoofd om de deur. Haar perfecte make-up kan de donkere wallen onder haar ogen niet verbergen. 'Dag lieverd, hoe voel je je?'

'Geschokt, bang. Kwaad. En opgelucht dat ik naar Hotel Van Houten ga.'

'We gaan je huis als een fort, nee, als een luxe kasteeltje beveiligen,' zegt Therese.

'Is dit allemaal niet te zwaar voor je?'

'Nee hoor. Ik heb de komende dagen toch afspraken voor zakendiners en vergaderingen in Amsterdam, dus ik was al van plan hier te logeren. Zo slaan we twee vliegen in één klap. En Stef slaapt hier ook, dus ik ben 's nachts niet alleen.'

Ik richt me tot Stef. 'En jij? Kom je dan niet in de problemen met je garage?'

'Welnee, er zijn nu geen opdrachten meer die haast hebben,

en als jouw huis eenmaal beveiligd is, werk ik desnoods een paar avonden over.'

'Als ik jullie toch niet had...' zeg ik zacht.

'Ja, het is lullig voor je dat je met ons opgescheept zit.' Stef grijnst. 'Maar we houden nu eenmaal van je, ook al ben je af en toe onuitstaanbaar. En nu ga je een douche nemen en je koffer inpakken.'

'Trouwens,' zegt Therese, 'als je wilt, kan je McDonalds meenemen.'

'Mag dat, dieren in het hotel?'

Ze lacht. 'Mijn personeel is wel wat gewend. Als je een hotel in de duurste prijsklasse runt, moet je het je gasten naar de zin maken. Dat betekent dat je veel door de vingers moet zien. Hoe heet die bekende Amerikaanse acteur nou toch ook alweer? Nou ja, zijn naam doet er niet toe, hij had zijn herdershonden bij zich. En denk maar niet dat hij die zelf uitliet!'

Stef en ik schieten in de lach.

'McDonalds mag dus mee, op voorwaarde dat je hem in je suite en op het bijbehorende dakterras houdt. Ik vrees alleen dat hij dat niet zo geslaagd zal vinden.'

Nee, inderdaad. Dat kan ik mijn lieverd niet aandoen. En het gaat maar om een paar dagen. 'Vinden jullie het erg om voor Mac te zorgen?' vraag ik.

'Ik zorg wel voor hem,' biedt Stef aan. 'Ik ben dol op dat brutale beest.'

Toen McDonalds nog klein was, sprong hij vaak op Stefs schoot om daar innig tevreden in slaap te vallen. Het was vertederend om zo'n grote man zo'n klein katertje te zien aaien en knuffelen.

Wanneer ik vraag hoe het gisteravond met de politie is gegaan, doet Therese haar verslag.

'Er is proces-verbaal opgemaakt. Ze hebben foto's genomen en de voetafdrukken opgemeten. Ze weten ook dat *Herinnering* gestolen is.' Bij de laatste zin trilt haar mond even. 'Jesse en ik hebben ze verteld van de telefoontjes, en dat je daar al aangifte van gedaan hebt, en ook van de boeketten.' Ze stopt even, vermant zich en gaat verder. 'De politie heeft het bandje waarop Mister X masturbeert gekregen én een afdruk van al zijn e-mails. Ze nemen dit serieus, Maan. En voor ik het vergeet, ze willen dat jij op papier zet wat er allemaal gebeurd is, en wanneer. In chronologische volgorde, zodat ze een goed overzicht hebben.'

Nee, bah. Dat is het laatste waar ik zin in heb. 'Moet dat vandaag al?'

'Kom eerst maar tot rust, maar wacht er niet te lang mee.'

Stef, die voor zichzelf nog een kop koffie heeft ingeschonken, slurpt zijn laatste slok naar binnen. Gewoonlijk irriteert me dat, nu vind ik het vreemd geruststellend.

'Ik moet er niet aan denken dat je thuis was gekomen terwijl die vent binnen was,' zegt hij.

Therese werpt hem een waarschuwende blik toe. Een 'houd onmiddellijk je kop'-blik.

'Vind jij het niet eng, Therese?' vraag ik.

Ze denkt na. 'Nee,' zegt ze dan. 'Dat klinkt misschien vreemd, maar eng is niet het goede woord. Ik vind het niet te verteren dat een man, een laffe man die er alles aan doet om anoniem te blijven, jou het leven zuur maakt. Nee, ik ben vooral kwaad.' Ze gaat naast Stef op mijn bed zitten. 'Tijd voor peptalk. Oké, dit gevecht heeft hij gewonnen, je bent tijdelijk, met de nadruk op tijdelijk, gevloerd. Maar jij bent degene die bepaalt of je je psychisch laat ondermijnen.'

Ze heeft gelijk. Maar toch, Mister X is in mijn huis geweest, met een mes in zijn hand. Wie weet wat hij nog meer van plan was? Mijn maag trekt zich samen en ik word duizelig.

Stef schiet me te hulp. 'Hoofd voorover, naar beneden buigen. Diep ademhalen.' Met zijn grote reuzenhanden om mijn schouder geklemd, komt mijn ademhaling weer in het goede ritme.

'Jij gaat bijtanken,' zegt Therese beslist. 'In het hotel gaan ze goed voor je zorgen. Jesse gaat met je mee, dan heb je gezelschap. En jullie komen pas terug als alles klaar is. Goed?'

Even later vertrekken Jessica en ik in mijn Clio. Omdat Jessica weet dat ik bang ben dat we gevolgd worden, rijdt ze een paar keer de snelweg af en weer op. Ondertussen houdt ze de auto-spiegels nauwlettend in de gaten. 'Niemand achter ons,' zegt ze telkens. Het is net of we meespelen in een actiefilm en Jessica lijkt haar rol – die van held – uiterst serieus te nemen.

Ze zet de radio aan en vindt een klassieke zender. Kalmerende pianoklanken vullen de auto. Gewoonlijk zou ik daar niet naar luisteren, maar nu vind ik het prettig. De rest van de rit concentreer ik me op de muziek en op de omgeving die steeds groener wordt. Naarmate we verder van Amsterdam verwijderd raken, wordt de druk op mijn borst minder.

Ruim een uur later zetten we de auto op de parkeerplaats van Hotel Van Houten, een smaakvol verbouwde villa, begroeid met rozen. Het is net een ansichtkaart. Een plaatje uit een vakantiefolder.

Onmiddellijk komt een man in kostuum op ons af. 'Bent u bij ons te gast?' vraagt hij. 'Mag ik u dan van harte welkom heten. Uw bagage wordt naar uw kamers gebracht, terwijl u in-checkt.'

'Dank u wel,' zeg ik.

Jessica, die net haar rugzak over haar schouder wil hangen, geeft het ding verbaasd af aan de man. Zo'n vip-behandeling is ze duidelijk niet gewend. Bij de balie kijkt ze met verbaasde ogen naar de dikke tapijten die alle geluiden lijken te absorberen, de comfortabele zitjes in de lounge en de kroonluchters die Therese in Venetië heeft gekocht.

De man achter de balie schrijft onze namen op. 'Bent u toevallig het gezelschap van mevrouw Helt?'

'Dat klopt.'

'Een ogenblikje, dan zal ik de manager roepen. Hij wil u graag persoonlijk ontmoeten. Als u even in een van onze fauteuils gaat zitten.' De man wijst naar de lounge. 'Hij komt er zo aan. Wilt u ondertussen iets drinken. Thee of koffie?'

'Koffie,' zeggen Jessica en ik gelijktijdig en we lopen op een van de luxe zitjes af.

'Wat is het hier mooi!' Jessica glundert terwijl ze zich in een grote leren fauteuil nestelt.

Tegelijk met de koffie verschijnt een vriendelijk ogende man, ik schat hem een jaar of vijftig. 'Aangenaam, mijn naam is Piet van Steenis, uw manager.' Hij schudt mijn hand. 'Bent u de nicht van mevrouw Helt? Prettig u te ontmoeten.'

Ah, de nieuwe minnaar van Therese.

'Nog zo'n charmante dame.' Hij steekt zijn hand uit naar Jessica. 'We hebben de mooiste suite in gereedheid gebracht, die op de bovenste verdieping.' Hij overhandigt ons de sleutel. 'Mocht u wensen hebben, laat het me dan onmiddellijk weten.' Zich naar mij toe buigend voegt hij er nog aan toe dat ze 24 uur per dag bewaking hebben. 'Discreet natuurlijk. Onze gasten zijn gesteld op hun privacy. Er kan u hier niets overkomen.' Uit de blik in zijn ogen kan ik opmaken dat hij van mijn situatie op de hoogte is.

'Dan rest me alleen nog u een prettig verblijf te wensen.' Hij laat ons achter om rustig onze koffie op te drinken en de koekjes op te peuzelen, die op een zilveren schaaltje liggen.

Onze suite is net een klein huisje. Er is een zitkamer, waarin een bank en twee stoelen staan, bekleed met wit-geel gestreepte chintz, de pootjes elegant gekruld. Er staat een bureau waarop een menukaart van roomservice ligt en een map met briefpapier met het adres van Van Houten erop. Het lettertype is simpel en elegant. De aparte slaapkamer heeft twee kingsize bedden en een openslaande deur die leidt naar een ruim dakterras met uitzicht op een bos.

'Kijk, er staat een mand met fruit en chocolade,' zegt Jessica opgetogen. 'En champagne. Maan, hier gaan we van genieten.'

Genieten? Ik zal al blij zijn als ik mezelf weer op de rails krijg! En daar had ik geen betere plek voor kunnen vinden dan Van Houten.

De rest van de dag lig ik lui op bed en blader door de kranten en tijdschriften, die in een keurige waaier op onze salontafel liggen. De nieuwste films op dvd zijn bij de receptie te bestellen. Er wordt hier werkelijk nergens op bezuinigd.

Terwijl ik wat lees en ondertussen dutjes doe, zit Jessica aan het bureau. Haar laptop snort, ze heeft een nieuwe opdracht en is helemaal in haar nopjes dat ze hier wireless kan internetten.

Laat in de middag laten we thee bezorgen. Er worden kleine gebakjes en bonbons bij geserveerd.

'Maan?' Jessica steekt een bonbon in haar mond. 'Zullen we gaan fitnessen? In de folder van het hotel staat dat de fitnessruimte dag en nacht open is, je kan zelfs een persoonlijke trainer krijgen.'

Fitnessen? Als er iets is dat ik haat, is het in de apparaten hangen. 'Ik ben niet zo sportief, Jesse.'

Jessica pakt de folder erbij. 'Een massage behoort ook tot de mogelijkheden,' leest ze voor. 'Jemig, je kan zelfs in een bad met bloemblaadjes.'

'Ouderwets gekneed worden, lijkt me wel wat,' merk ik op.

Jessica pakt de telefoon. 'Je wordt over een halfuur verwacht,' zegt ze een paar minuten later.

Ik lig in mijn onderbroek op een massagetafel.

'Goh, wat heeft u veel knopen in uw nek en rug. U werkt zeker hard, hè?' zegt de masseuse, een grote stevige vrouw in een wit pak. 'Daar gaan we meteen wat aan doen.' Ze slaat aan het kneden en wrijven. En dat gaat behoorlijk hardhandig, maar het resultaat is dat ik loom en ontspannen word.

Na de massage krijg ik een gezichtsbehandeling met acupressuur en aromatische olie, waarvoor ik plaats moet nemen in een speciale stoel, zodat de vrouw goed bij mijn gezicht en hals kan. Vanuit de stoel valt mijn oog op een tijdschrift voor bruidsmode, dat op een bijzettafeltje ligt. Het is opengeslagen bij een foto van een jurk met roesjes en kantjes, een jurk waar alle tienermeisjes van dromen.

De vrouw wijst op het plaatje. 'Mijn dochter gaat over een paar maanden in díé jurk trouwen. Mooi, hè?'

'Absoluut.' Maar de bruid interesseert me niet, mij gaat het om die jurk. Zal ik een van mijn naakte dames aankleden met een trouwjurk? Van minttoffees? Dat zou het topstuk van mijn tentoonstelling kunnen worden. Net als bij een modeshow, dan sturen ze toch meestal als laatste een model in een trouwjurk de catwalk op? Verdomd, ik krijg weer inspiratie, dat is een goed teken.

18

Hotel Van Houten is een oase van stilte en rust. Een kleine, perfecte wereld, waar het beddengoed elke dag door onzichtbare handen vervangen wordt, de suite altijd keurig opgeruimd is en de badkamer zelfreinigend lijkt. Maar het voornaamste is dat ik me hier veilig voel. Veilig en beschermd.

De dagen glijden gezapig voorbij, met als vaste punten het ontbijt, de lunch en het diner. Tussendoor werkt Jessica aan een nieuwe vertaling of hangt rond in de fitnessruimte, terwijl mijn schetsboek zich vult met *Candy Clothes*. Het ontwerp voor de trouwjurk is bijna af.

's Avonds voor het slapengaan maken we een wandelingetje over het terrein. We lijken wel een stel hoogbejaarden, maar het doet me goed. Mijn lichaam is voor het eerst sinds tijden weer ontspannen, mede door de massages, en psychisch voel ik me met de dag sterker worden.

We gaan onze vijfde dag in als Therese belt om te vertellen dat het smeedijzer geplaatst is en het alarmsysteem op de deur zit. 'Als er ingebroken wordt,' zegt ze, 'gaat er direct een melding naar het beveiligingsbedrijf en staan ze binnen een paar minuten bij je op de stoep.'

Het klinkt allemaal heel professioneel en zo. Maar toch... 'Lijkt het smeedijzer niet op tralies?' vraag ik.

'Nee, hoor,' zegt Therese. 'Wacht maar tot je het ziet, het oogt heel fraai. Ik stel voor dat jullie nog een nachtje blijven en dan morgen naar huis komen.'

Op de achtergrond hoor ik McDonalds miauwen. Een golf van gemis en liefde schiet door me heen. 'Gaat alles goed met mijn loedertje?'

'Zeker weten. Hoewel ik heel wat met hem te stellen heb: hij doet precies waar hij zin in heeft. Hij lijkt op zijn bazinnetje.' Ze lacht en wordt dan weer serieus. 'O ja, Maan, heb je de lijst voor de politie al gemaakt? Ze belden om te vragen of je ook nog een lijst wilt maken van alle mannen die je kent. Vrienden, collega-'s, kennissen. De man waar je je verf koopt, de obers van restaurants waar je vaak komt, de postbode, kopers van je werk. Et cetera.'

Ik krijg het benauwd als ik haar zo hoor.

Ik zit in het zonnetje op ons balkon, voor me liggen een schrijf-blok en een pen. De lijst met 'de activiteiten van mijn stalker', van de eerste telefoontjes tot de vernieling van het portret met de rode jurk, is af. Bij roomservice bestel ik cappuccino en een assortiment minitaartjes als beloning en ter aanmoediging, voordat ik verder ga met 'de lijst met mannen die ik ken'. De klus waar ik het meest tegenop zie.

Een uurtje en nog twee cappuccino's later liggen er drie pagina's met namen op tafel. En dat is behoorlijk confronterend: ik wil niet in iedere man een potentiële engerd zien. Mijn handen beven dan ook lichtjes, terwijl ik de papieren in een grote envelop doe.

Dat iemand mij als doelwit heeft gekozen om zijn frustratie op te botvieren, is overduidelijk. Maar waarom? Wat heb ik ge-daan om een dergelijke haat op te roepen? In gedachten ga ik nog eens na of ik iemand de laatste tijd gekwetst heb. Echt ge-kwetst, zodat de pijn is gaan woekeren. Ik pieker en pieker, maar kan werkelijk niemand bedenken.

Wacht eens even! Ik heb Allard vast gekwetst toen ik hem af-wees. Hij bleef uiterst beleefd, maar dat kan ook schijn zijn. Nee! Zo zit hij niet in elkaar. En daarnaast: de telefoontjes wa-ren daarvoor al begonnen. Opeens slaan mijn gedachten op hol. Stel dat mijn kwelgeest een vrouw is? Als je heel langzaam praat, je stem laag maakt, kun je als een man klinken, zelfs als een masturberende man. Maar de voetafdrukken waren maat 44. 'Nou en?' klinkt een vervelend stemmetje in mijn achterhoofd. 'Iedereen kan te grote schoenen aantrekken.'

Opeens is de wereld een angstaanjagende plek, waar niemand is wie hij of zij lijkt te zijn.

Tevergeefs probeer ik mezelf een halt toe te roepen, maar mijn hersenen razen door als een trein waarvan de remmen het begeven hebben.

Ik bel de masseuse om te vragen of ze tijd voor me heeft.

'Kom maar,' zegt ze hartelijk. 'Ik vind wel een gaatje voor je.'

Mijn hart klopt weer rustig en het gejaagde gevoel is verdwenen, wanneer ik onze suite binnenstap. Jessica zit op de kruk voor de kaptafel en draait zich langzaam om, haar gezicht vol verwachting op mij gericht.

Haar haren zijn kort geknipt, met opstaande piekjes waardoor haar hartvormige gezicht goed uitkomt. Ze lijkt wel een ander mens. Van een slonzig jongetje naar een mooie meid.

'Ik ben naar de kapsalon in het hotel geweest,' zegt ze. 'Hoe vind je het?'

'Het staat je goed,' roep ik. 'Echt heel goed.'

Verheugd draait Jessica zich weer naar de spiegel om zichzelf te bewonderen en ze maakt met haar vingers haar haren nog iets warriger. Uit een tasje pakt ze lipstick en bewerkt haar lippen. Daarna is de eyeliner aan de beurt.

Ik wist niet eens dat ze make-up had!

'Mag ik jouw laptop gebruiken om Bas een mailtje te sturen?' vraag ik. 'Ik heb al een paar dagen niets van me laten horen.'

'Tuurlijk.' Jessica steunt op haar elleboog, haar mond open, en probeert een streepje op haar bovenste ooglid te trekken. Haar hand schiet uit. 'Verdomme!'

'Oefenen, veel oefenen.' Glimlachend start ik de laptop. Opeens slaan de zenuwen toe. Als er maar geen bericht is van *rocodile*, en als Bas maar niet afgehaakt heeft, nu hij weet dat ik een stalker heb. 'Een mens lijdt het meest van het lijden dat hij vreest,' zei mijn moeder vaak. En ze had gelijk. Resoluut open ik mijn inbox waar één nieuw bericht op me wacht. Van Bas.

'Lieve, lieve Maan. Wat afschuwelijk, zo'n stalker. Was ik maar in Nederland om je te steunen. Heb je verder nog last gehad? Of is die *asshole* opgehouden? Hou me op de hoogte. Ik sta achter je, desnoods kom je naar New York. P.S. Ik vind het fijn om over je leven en de mensen om je heen te lezen, ik kan ze bijna voor me zien en ik wil ze graag ontmoeten. Maar bovenal wil ik jou in mijn armen sluiten en ervoor zorgen dat niemand je kwaad doet.'

Mijn hart wordt warm, ik voel kriebels in mijn buik, maar ditmaal niet van angst. Ik denk dat ik echt verliefd aan het worden ben. Als nu blijkt dat Bas een piepstemmetje heeft, zou me dat niets meer kunnen schelen. Helemaal niets. Ik kan op hem rekenen, hij is geestig en onderhoudend. Een droomman.

'En?' vraagt Jessica. Het is haar eindelijk gelukt een keurig streepje boven haar ogen te trekken.

Ik laat haar de e-mail lezen.

'Wat heb jij een mazzel. Misschien is zo'n datingsite ook wel wat voor mij.'

'Volgens mij is Bas een uniek geval, zulke mannen kom je daar niet snel tegen.' Ik grijns. 'En jij hebt zo'n site helemaal niet nodig, je ziet er nu zo goed uit dat mannen je bij bosjes achterna zullen lopen.'

'Denk je dat echt?' Ze kijkt me gretig aan.

'Jazeker.'

Opeens springt Jessica op het bed en begint op en neer te springen. 'Maan is verliefd, Maan is verlie-hiefd,' plaagt ze.

'Nietes!' roep ik.

'Jawel, ik zie het aan je ogen.' Ze duikt op me af en begint me te kietelen.

Met een kussen weer ik haar af. Voor ik het weet, zijn we in een kussengevecht verzeild en rennen we elkaar achterna. Van de slaapkamer naar de badkamer en weer terug. Wanneer heb ik voor het laatst zoveel lol gehad? Ik kan het me niet eens herinneren.

Terwijl Jessica aan het fitnessen is, bel ik Therese. Ik schaam me een beetje, omdat ik tijdens ons vorige gesprek alleen maar met mezelf bezig was. Ik heb haar niet eens gevraagd hoe het met haar ging. Terwijl zij nota bene in mijn huis zit, in de herrie tussen de werklui, en ik lekker in Van Houten verwend word.

Als ik haar aan de lijn krijg, wimpelt ze mijn excuses af en vraagt of de lijsten af zijn.

Gelukkig kan ik deze keer bevestigend antwoorden.

'Goed zo, lieverd. Ik weet hoe je ertegen opzag. Heb je nog een patroon kunnen ontdekken? Is er iets wat je opgevallen is?'

'Eh, ja. Eigenlijk wel.' Ik vertel haar dat ik bang ben dat Mister X iemand uit mijn omgeving is. Een bekende. 'Het kan toeval zijn, hoor. Maar er zijn wat dingen die me dwarszitten. Bijvoorbeeld die e-mail, waarin McDonalds bedreigd wordt, waaruit blijkt dat hij weet dat ik een kat heb.'

'Dat stond toch in dat tijdschriftartikel?'

'Ja, maar de vraag is of hij dat gelezen heeft. En dan *Herinnering*.'

Net als Stef begint ze over het bordje '*niet te koop*'.

'Er is nog meer,' ga ik verder. 'Dat veldboeket was precies mijn smaak, dat zou ik zelf uitgekozen kunnen hebben.'

'De kans dat die man een bekende is, is uiterst klein,' merkt Therese op. 'Desondanks lijkt het me verstandig die verdenking voor ons te houden. Zolang hij zich veilig waant, is de kans groter dat hij een fout maakt.'

Ik vind het prettig dat Therese me serieus neemt, maar het maakt me tegelijkertijd angstig. Ik had liever dat ze mijn woorden met een resoluut 'onzin!' had weggewuifd.

'Maan, wanneer zijn de telefoontjes precies begonnen?' vraagt Therese.

'Op de dag dat die vier kunstwerken verkocht werden en Jesse bij me kwam wonen.'

Therese zegt niets, maar de stilte is veelzeggend genoeg.

'Je denkt toch niet dat Jesse...'

'Het is wel toevallig. En je weet vrijwel niets van haar.'

'Nee, Jesse is het niet, echt niet.'

'Oké, oké, ik hou er al over op.' Therese kucht om daarna in een enorme hoestbui uit te barsten. 'Sorry,' zegt ze als ze uitgehoest is. 'Ik heb de laatste dagen iets te veel sigaartjes gerookt. Zeg lieverd, even wat anders. Ik kom vanavond naar Van Houten, er liggen een paar klusjes op me te wachten en er is iets wat ik met je wil bespreken. Onder vier ogen. Zullen we samen dineren?'

'Heeft Mister X weer wat gedaan?' vraag ik geschrokken.

'Nee, schat, niets van dat alles. Echt, er is niets engs gebeurd.'

Ik probeer haar te verleiden een tipje van de sluier op te lichten, maar ze wil niets loslaten, alleen dat ze om zeven uur bij me is. Daar kan ik het mee doen.

De rest van de middag loop ik allerlei scenario's te bedenken. Is Therese mijn anonieme verzamelaar en heeft ze op deze manier mijn carrière een zetje willen geven? Heeft ze zich verloofd met Piet van Steenis? Ach, ik kan zo nog uren doorgaan, maar dat heeft weinig zin. Ik pak een tijdschrift en probeer mijn gedachten te verzetten.

Therese en ik dineren op het terras van het restaurant, onder een grote parasol.

Jessica eet in onze suite.

'Vind je het niet erg?' had ik haar gevraagd. 'Het is onze laatste avond hier.'

'Welnee joh, als jij belangrijke zaken met Therese te bespreken hebt, gaat dat voor. Geen probleem. Ik haal een romantische komedie bij de receptie en ga lekker voor de tv van mijn maaltijd genieten.' Ze gaf me een zetje. 'Hup, anders kom je te laat. Therese wacht op je.'

Therese en ik bestellen beiden de specialiteit van het huis, risotto met truffels. Tijdens ons aperitief en het eten hebben we het over McDonalds, die een van de werklui de stuipen op het lijf heeft gejaagd. 'Een boom van een kerel en als de dood voor katten,' lacht Therese. En over Stef, die niet van Thereses zijde week. Kortom: over van alles en nog wat, maar geen woord over 'het onderwerp'.

Het maakt me nerveus dat Therese, die gewoonlijk zo direct is, niet ter zake komt. 'Wat wilde je me nou vertellen?' flap ik eruit.

Therese duwt haar bord van zich af. 'Sorry, Maan. Ik lijk de juiste woorden niet te kunnen vinden. En wat ik je ga vertellen, kan een enorme schok voor je zijn. Misschien kunnen we beter naar mijn suite gaan.'

Het is of een hand mijn keel dichtknijpt. Wat nu weer?

Thereses suite ligt pal naast die van Jessica en mij. Ik neem plaats op de bank. Therese gaat op een stoel zitten en pakt een sigaar uit een doos die naast haar op tafel staat. Nadat ze 'm met een lucifer heeft aangestoken, blaast ze een rookwolk de lucht in.

Nu krijg ik toch echt genoeg van die afleidingsmanoeuvres. 'Kom op,' zeg ik ongeduldig.

Therese leunt achterover. 'Ik weet niet hoe ik dit tactvol moet verpakken. Dus ik zeg het maar ronduit.' Ze haalt diep adem. 'Je bent geadopteerd. Je ouders zijn niet je biologische ouders.'

'Je maakt een grapje, hè?'

Therese schudt haar hoofd. 'Was het maar waar.'

19

Ik heb een plekje gevonden in de luwte van een dennenboom, aan de rand van het terrein van het hotel, uit het zicht van de andere gasten. Ik lig op mijn rug in het gras en staar naar de lucht. Het begint al te schemeren.

Het is of de bodem onder me vandaan is geslagen. Geadopteerd, zeurt het in mijn hoofd. Je bent geadopteerd.

Mijn verleden lijkt één grote leugen. Het is alsof mijn herinneringen door een lachspiegel gereflecteerd worden en me inhalen. Mijn vader, die me leerde fietsen. Mam, die me 's avonds voor het slapengaan een verhaal voorlas. Er dwarrelen zoveel gedachten en beelden door mijn hoofd, dat het uit elkaar lijkt te spatten.

Kon ik maar met mijn ouders praten. Biologisch of niet, ze waren verdomme míjn ouders! Maar dat gaat niet meer, nooit meer! Ik rol mezelf op tot een balletje en dan komen de tranen. 'O, ik mis jullie zo. Ik mis jullie zo verschrikkelijk.' Ik huil tot mijn keel rauw is en het snot uit mijn neus druipt.

Uitgeput blijf ik liggen en denk aan de rest van het gesprek met Therese.

'Je moeder kon geen kinderen krijgen,' had ze gezegd. 'En daar hadden je ouders veel verdriet van, ze wilden zo graag een gezin. Je moet niet vergeten dat er in die tijd medisch gezien nog niet zoveel mogelijkheden waren als nu.'

Ze overhandigde me een Kleenex die ik gedachteloos tot een prop kneep.

'Dus toen zich op een dag een vrouw in onze kennissenkring aandiende, die zwanger was en haar baby door omstandigheden niet kon houden, grepen ze die kans met beide handen aan.' Therese kwam naast me zitten. 'Ze hebben die vrouw in huis genomen en ze waren bij de bevalling. Je moeder was de eerste die je vasthield. Ze straalde van geluk.'

Ik keek naar mijn knokkels die wit waren van het knijpen. 'Waren ze van plan me ooit te vertellen dat ik...?' Ik kreeg het woord 'geadopteerd' niet over mijn lippen.

'Ja, als je achttien was, maar daar hebben ze nooit de kans voor gekregen, vanwege het ongeluk.' Ze viel even stil. 'En ik vind het heel erg, dat ík je dit nu moet vertellen.'

'Waarom vertel je het me dan?' riep ik. 'Ik wil dit helemaal niet weten.'

'Dat begrijp ik, lieverd, maar ik had geen keus...'

Ik gaf haar de kans niet om uit te praten. 'Hoezo geen keus?'

'Je biologische moeder heeft contact met mij opgenomen,' legde ze uit. 'Ze wil je ontmoeten, dus moest ik zorgen dat ik haar vóór was.'

'Ik wil niets van die vrouw weten!' schreeuwde ik. 'Helemaal niets.'

'O, Maantje, ik vind het zo erg dat je leven alweer op z'n kop wordt gezet. Zeker nu je al zoveel aan je hoofd hebt.'

'Die vrouw heeft geen enkel recht op mij. Ik wil haar niet ontmoeten!' Ik gilde het bijna uit.

'Ik zal ervoor zorgen dat ze uit je buurt blijft, dat ze je met rust laat. Dat beloof ik je.'

'Goed.' Toen keek ik naar Therese, haar zongebruinde armen naast de mijne, die bleek zijn en vol sproeten. Naar haar bruine haar, zo anders dan mijn rode krullen. Op dat moment sloegen mijn stoppen door. 'Maar dan zijn wij ook geen echte familie!' hoorde ik mezelf krijsen.

Toen rende ik naar buiten.

Het is bijna donker. Langzaam kom ik overeind. Zo'n honderd meter achter me zit Therese op de grond. Ze staat op, veegt wat grassprietjes van haar broek en loopt langzaam naar me toe. Ze ziet de vraag in mijn ogen.

'Ja, ik was hier al de hele tijd,' zegt ze. 'Ik heb vanuit het raam gezien waar je heen ging en ben je gevolgd. Maar ik wist dat ik je met rust moest laten.'

Er staat zoveel liefde en pijn op haar gezicht te lezen, dat ik in haar armen duik. 'Ik hou van je, Therese.'

'Ik ook van jou.' Therese, trotse Therese, legt haar hoofd op mijn schouder. Haar tranen druppen op mijn huid.

20

Jessica en ik zitten aan het uitgebreide ontbijtbuffet van Hotel
Van Houten: vers fruit, verschillende soorten brood, muesli,
hartig en zoet beleg, eieren naar keuze gebakken of gekookt. Je
kunt er gezond en mager eten, of je te buiten gaan aan vet en
calorieën. Jessica haalt een bord fruit.

Ik houd het bij koffie. Deze ochtend kan ik geen hap door
mijn keel krijgen. In plaats van naar het buffet, ga ik naar het
toilet en bekijk mijn gezicht in de spiegel. Over mijn huid ligt
een grauw waas van vermoeidheid, waardoor mijn sproeten
zwarte spatjes lijken, en er zijn lijntjes onder mijn ogen verschenen, die er gisterochtend nog niet zaten. Het kan me niets
schelen.

Mijn mobiel piept. Het is een sms van Stef. 'Sterkte en ik
denk aan je.'

Therese heeft hem op mijn verzoek gebeld om te vertellen
wat er aan de hand is. Stef kennende, hij is nogal emotioneel,
zal hij behoorlijk ondersteboven van het nieuws zijn. Hij kende
mijn ouders immers goed, hij was kind aan huis en stapelgek
op ze. Maar ik voel me nu nog niet in staat om mijn emoties
met hem te delen – ik moet ze eerst zelf nog een plaatsje geven.

Jessica weet het ook al. Gisteravond laat, toen ik terugging naar
onze suite, zat ze in bed op me te wachten. 'Wat ben jij laat,'
gaapte ze. Toen ze mijn kleine huiloogjes zag, zette ze onmiddellijk de tv uit. 'Slecht nieuws?'

Omdat ik geen zin had om smoezen te verzinnen of te liegen, heb ik haar de waarheid verteld.

'Geadopteerd?' riep ze verbijsterd. 'Dat meen je niet!'

'Ja. En het schijnt dat mijn biologische moeder me wil benaderen.'

'Wil jij dat?'

'Nee, daar heb ik geen enkele behoefte aan.' Ik kleedde me uit en deed mijn nachtpon aan.

'Jezus,' mompelde Jessica. 'Dat je dit er ook nog bij krijgt. Kan ik wat voor je doen? Wil je erover praten?'

'Nee, dank je.' Het enige wat ik wilde, was in bed stappen en slapen.

Jessica pakte de telefoon en belde roomservice. 'Heeft u warme anijsmelk? Met een flinke scheut rum, alstublieft. Tweemaal. Dank u wel.' Ze draaide zich weer naar me toe. 'Misschien val je hiermee makkelijker in slaap. Dat drankje dronken we thuis altijd als er iets ergs gebeurd was.'

Het was de eerste keer dat Jessica iets losliet over haar jeugd. Normaliter zou ik haar meteen verder uitgehoord hebben, maar nu had ik wel wat anders aan mijn hoofd.

Voor Jessica was de warme melk met rum inderdaad een wondermiddel. Voor mij helaas niet. In de donkere suite lag ik klaarwakker voor me uit te staren, luisterend naar de zachte snurkgeluidjes van Jessica. Na een paar uur hield ik het niet meer uit in bed en deed mijn badjas aan. Om Jessica niet te storen, trok ik de deur geruisloos achter me dicht en sloop de gang op.

Onder de kamerdeur van Therese scheen zacht licht. Ik klopte.

'Binnen,' riep Therese. Ze zat met haar leesbril op rechtop in de kussens, een boek op schoot. 'Kan je ook niet slapen?' vroeg ze en ze sloeg het dekbed open. 'Ik verwachtte je eigenlijk al.'

Net als vroeger, na de dood van mijn ouders, kroop ik tegen haar aan. Therese hield me stevig vast, aaide mijn haar en sprak sussende woordjes. 'Je was zo'n schattig peutertje, en je ouders waren stapelgek met je. Je was hún baby'tje, hún kind.' Langzaam ontspande ik en met de vertrouwde geur van Thereses parfum in mijn neus viel ik eindelijk in een droomloze slaap.

Toen ik wakker werd, was Therese al vertrokken, maar ze had een briefje voor me op haar kussen achtergelaten. 'Ik ben alvast naar Amsterdam om je huis op te ruimen. Tot vanmiddag. P.S. Ik zal er altijd voor je zijn.'

Bij het lezen van die zin barstte ik voor de zoveelste keer in huilen uit. Niet alleen van verdriet, maar ook van dankbaarheid. Omdat ik wist dat elk woord dat Therese geschreven had gemeend was.

Het afgelopen etmaal was heftig en verwarrend, alsof ik mijn ouders voor de tweede keer verloor, maar het eerste zaadje van acceptatie is ontkiemd. Dankzij de onvoorwaardelijke steun van Therese.

Ik kijk weer in de spiegel, pak een lipstick uit mijn tas, stift mijn lippen, borstel mijn haar en ga naar de eetzaal om Jessica op te halen.

We gaan terug naar Amsterdam.

Als we tegen twaalven thuis arriveren, worden we buiten opgewacht door Therese, Stef en, tot mijn aangename verrassing, Ruby en Claartje. Mijn hart maakt een sprongetje van vreugde. Ben ik even blij dat ik haar toch die kaart heb gestuurd. Nu ze daar zo staat, besef ik hoe erg ik het vond dat ze zich van me af had gekeerd.

Van Therese krijg ik een knipoog. Stef omhelst me alsof ik een jaar weg ben geweest, hij knijpt me bijna fijn. Ook Jessica krijgt een hartelijke begroeting. 'Je ziet er leuk uit met dat korte koppie,' zegt Stef tegen haar.

'Ik wil je ook complimenteren met je nieuwe kapsel,' zegt Therese. 'En dat korte rokje staat je goed, je hebt prachtige benen.'

Jessica glundert.

Ruby kijkt sloom voor zich uit. Het zou me niets verbazen

als ze onder de kalmerende middelen zit. Ik wil op haar toestappen, maar ze bukt zich en doet alsof ze een niet bestaand vlekje van haar bruine suède laars veegt. Wat flauw. Waarom komt ze langs als ze niets van me wil weten?

Claartje biedt me stralend een bos narcissen aan. 'Ik ben blij dat je er weer bent. En de bloemen heb ik zelf uitgekozen, je moet je neus erin stoppen, want ze ruiken heel lekker.'

Braaf ruik ik aan de bloemen. 'Goh, Claar, wat lief van je.'

Een grote grijns verschijnt op haar gezichtje. Er ontbreekt een tand, ze is aan het wisselen. 'Mamma heeft gezegd dat jij geplaagd wordt door een enge man. En nu mag ik niet meer alleen op straat spelen.' Ze kruipt tegen me aan en kijkt omhoog. 'Want enge mannen zijn gevaarlijk, hè?'

'Dat is zo, lieverd.'

'Kom, Claartje, we gaan er weer vandoor,' zegt Ruby tegen haar dochter.

'Willen jullie niets drinken?' Therese kijkt verbaasd.

'Nee, Claartje wilde alleen Manuela even begroeten. We gaan een nieuwe broek voor haar kopen. Nog een fijne dag gewenst.'

'Een fijne dag,' echoot Claartje terwijl ze ons gedag wuift en achter Ruby aanloopt, die met grote stappen wegbeent.

'Wat doet Ruby raar!' Stef is verbaasd. 'Zo nors, zo, eh...'

'Bijzonder vreemd,' merkt Therese op. 'Volgens mij heeft die dame het heel moeilijk met zichzelf. Maar laten we het ons niet persoonlijk aantrekken. En jij zeker niet,' zegt ze tegen mij. Dan wijst ze trots naar de voorgevel van mijn huis. 'Hoe vind je het?'

Natuurlijk had ik er al eerder een vluchtige blik op geworpen, maar nu heeft het smeedijzer voor de deur en voor de ramen van de begane grond en de eerste verdieping mijn onverdeelde aandacht. Mijn angst dat mijn huis eruit zou zien als een gevangenis, is ongegrond, het smeedijzer is luchtig met klimopachtige blaadjes. De blauweregen eroverheen geeft het geheel bijna een lieflijk effect.

'Het is prachtig, echt prachtig. Dank je, Therese.'

Ik geef Stef een speelse stomp op zijn schouder. 'En jou moet ik ook bedanken, dit zal een flinke klus zijn geweest.'

Verdomme, er biggelt een traan over mijn wang, en ik had me nog zo voorgenomen niet weer te huilen.

'Gekke griet.' Hij wrijft over mijn rug. 'Ik kan het ook nog steeds niet geloven,' fluistert hij in mijn oor. 'Dat van je ouders en zo.'

Dan houd ik het niet meer. Als een klein kind leun ik tegen hem aan en zet het op een brullen. En Stef, die grote beer, doet net zo hard mee.

Op de keukentafel staat een doosje, verpakt in goudkleurig papier, dat Allard voor me heeft afgegeven. Ik heb al zo'n vermoeden van de inhoud. Ik gris het papier eraf en ja hoor, het zijn bonbons van *Australian Homemade*. Allard weet hoe lekker ik die vind. Wat lief. Even trekt het schaamrood over mijn kaken, omdat ik Allard ervan verdacht heb mijn stalker te zijn. Helemaal als blijkt dat hij Therese en Stef de uitnodiging voor de opening van mijn tentoonstelling persoonlijk heeft overhandigd. Hij heeft er ook eentje voor mij en Jessica achtergelaten.

Jessica bekijkt aandachtig het roomwitte papier met daarop het logo van galerie Levefre. 'Je opening is al over drie weken, wat snel.'

'Ja, en Allard moet ook alles nog ophangen,' antwoord ik. 'Dus dat wordt flink doorbuffelen.'

'Ga je dat halen?' vraagt Therese.

'Jazeker.' Ik ben vastbesloten de deadline niet te overschrijden, koste wat het kost.

Terwijl we koffiedrinken, draait McDonalds, beledigd door mijn afwezigheid, nijdig rondjes om me heen. Maar een kwartier later ploft hij met zijn volle gewicht op mijn schoot. Dat betekent dat hij me vergeven heeft. Ik aai zijn buikje en trek hem dicht tegen me aan. Net iets te stevig, daar is hij niet van gediend. Hij schiet weg, zijn staart omhoog.

'Ik krijg je nog wel,' roep ik. 'Vanavond. In bed!'

Wanneer Therese en Stef vertrokken zijn, merk ik tot mijn opluchting dat mijn huis veilig en knus voelt. Echt als míjn thuis.

Het volgende halfuur spelen Jessica en ik met de alarmcode en leren de cijfercombinatie uit ons hoofd, tot we de deur bij wijze van spreken slapend kunnen openen en afsluiten.

'Vanaf nu kan die klootzak het huis niet meer in. En als hij het probeert, spuiten we hem plat.' Jessica heeft haar eigen busje pepperspray van Therese gekregen.

'Precies!' doe ik er nog een schepje bovenop.

Als een stel stoere jochies geven we elkaar een *high five*.

Maar als het erop aankomt naar mijn atelier te gaan, verdwijnt mijn stoerheid als sneeuw voor de zon. Steeds zie ik het beschadigde schilderij voor me, de resten van de rode zuurtjes verspreid over de grond. 'Jesse, wil jij met me mee naar het atelier?' vraag ik daarom.

'Kom op,' is haar reactie.

Beneden haal ik diep adem, duw de deurkruk naar beneden en ga samen met Jessica naar binnen. Het atelier is netjes. Niets wijst erop dat zich hier een kleine ramp voltrokken heeft. Het portret met de rode jurk staat omgekeerd tegen de muur. Ik wil het niet zien en hang er een doek overheen.

'Gaat het?' vraagt Jessica.

'Ja, het valt mee.'

'Je moet nog naar het politiebureau om je notities in te leveren,' brengt ze me in herinnering.

'Dat zal ik zometeen doen en daarna ga ik aan de slag met de *Candy Clothes*.'

'Ik help je wel.'

Ik overweeg haar aanbod, maar besluit er geen gebruik van te maken. Nu de tijd zo dringt, ga ik in de *deadlinemodus*, leg ik haar uit. Dat betekent dat mijn normale dag- en nachtritme overboord gaat.

'Ik werk, slaap een paar uurtjes, eet en ga dan weer aan het werk. Dat lukt me alleen als ik ongestoord mijn eigen tempo kan bepalen en met niemand rekening hoef te houden. En daarnaast, je hebt al zoveel voor me gedaan, dat ik me bijna bezwaard begin te voelen.'

'Bedoel je dat je mij niet nodig hebt?' Teleurgesteld kijkt ze me aan. 'Maar gieten kan je niet alleen, die grote pannen zijn te zwaar.'

'Als ik kleine pannetjes gebruik, meerdere tegelijk, moet het lukken. Het wordt hoog tijd dat ik weer selfsupporting word. En jij hebt recht op je eigen leven.'

Jessica's gezicht vertrekt.

'Dit is geen afwijzing,' haast ik me haar uit te leggen. 'Ik wil je ontzien.'

Ze pruilt. 'Maar ik wil je helpen, ik heb nog nooit zo'n goede vriendin als jij gehad...'

'Je hoeft mijn vriendschap niet te kopen door je voor mij uit de naad te werken, Jesse.' Ik aai haar wang. 'Je bent me heel dierbaar, geloof me, maar ik kan het echt alleen af.'

'Oké, dan ga ik naar boven.' Haar stem klinkt afgemeten.

21

Het fietsenrek voor het politiebureau is vol, dus zoek ik mijn heil bij een lantaarnpaal. Met wat geduw en getrek, gelukkig is mijn ketting lang genoeg, lukt het me mijn fiets vast te zetten. Net als ik mijn tas openrits om mijn sleuteltje op te bergen, gaat mijn mobiel.

'Hallo, Manuela, met Anneke van Duin, Politie Amsterdam.'

Eindelijk!

'En?' vraag ik hoopvol.

'Helaas,' zegt Anneke. 'We hebben de identiteit van jouw stalker niet kunnen achterhalen, hij heeft consequent een pre-paid telefoon gebruikt. Soms zie je wel eens dat zo'n man een vergissing begaat, maar daar is deze blijkbaar te slim voor.'

'Verdomme,' roep ik, om me daarna gelijk te verontschuldigen. 'Sorry, jij kan er ook niets aan doen.'

'Geeft niet, ik begrijp het wel, en ik vind het heel naar voor je. Ik hoop dat Van Bensdorp meer voor je kan doen.'

'Van Bensdorp?' vraag ik.

'Dat is de rechercheur die op jouw zaak zit, vanwege de inbraak in je huis. Hij is erg goed.'

'Toevallig sta ik net voor het bureau,' zeg ik.

'Dan zul je hem zo wel ontmoeten. Zeg, Manuela, heb je mensen om je heen waar je op terug kan vallen? Dat is belangrijk, want dit is te zwaar om in je eentje te dragen.'

'Dat zit wel goed,' antwoord ik. 'Ik sta er niet alleen voor.'

'Daar ben ik blij om. Let goed op jezelf,' zegt Anneke voor ze ophangt.

Ik heb zin om een potje te stampvoeten. Nu komt er nog geen eind aan de terreur. Ik wist dat de kans klein was, maar ik had zo gehoopt dat de politie uit zou vinden wie Mister X in werkelijkheid is. Zodat ik eindelijk door kan gaan met mijn leven. Ik ben bijna vergeten hoe het is om ontspannen te zijn, om niet steeds een blik over mijn schouder te werpen als ik buiten ben. Met mijn linkerhand tast ik in mijn jaszak, naar de pepperspray. Het busje dat als een talisman gaat waar ik ga. Het is ondertussen al net zo gewoon om het op zak te hebben als mijn paspoort en mijn portemonnee.

Nadat ik me bij de receptie heb gemeld en mijn envelop met notities heb afgegeven, wacht ik op een plastic stoel in de gang en kijk naar de posters aan de muur om de tijd te doden. Er hangt een affiche van slachtofferhulp, een wervingsfolder voor stadswachten en een foto van een vrouw waaronder *Vermist* staat.

Zo te zien is de foto een vergroting van een pasfoto, waardoor de vrouw met haar starre blik eerder een crimineel dan een slachtoffer lijkt. *Beloning €5000* staat onder de beschrijving van haar uiterlijk, haar kleding en de plaats waar ze het laatst gesignaleerd is. De gedachte dat ze misschien niet eens meer leeft, geeft me een heel naar gevoel.

'Goedemiddag.' Voor me staat een mollige veertiger met alerte oogjes. Hij geeft me een ferme handdruk. 'Rechercheur Van Bensdorp. Loopt u even met me mee?'

In zijn kantoor, een sober hokje, ligt de inhoud van mijn envelop al op tafel. Er staan aantekeningen in de marge.

'Koffie?' vraagt Van Bensdorp.

'Graag.'

Hij schenkt twee grote mokken met een Ajax-embleem voor ons in en schuift een plastic beker, gevuld met suikerzakjes, melkpoeder en roerstaafjes, naar me toe. 'Ik heb uw notities gelezen, maar ik wil het verhaal graag nog eens uit uw mond horen. Begint u maar gewoon bij het begin, bij het eerste telefoontje.'

Terwijl ik praat, knikt Van Bensdorp me bemoedigend toe en stelt af en toe een vraag. De rest van de tijd schrijft hij driftig in zijn notitieblok.

'Dit is een hele vervelende situatie,' zegt hij als hij uiteindelijk zijn pen neerlegt. 'Maar ik heb begrepen dat uw huis nu goed beveiligd is?'

'Ja.'

'Heeft u sindsdien nog last gehad? Een telefoontje, een brief, een e-mail of een andersoortig bericht?'

'Niets.' Nu is het mijn beurt om vragen te stellen. 'Hebben júllie misschien al iets ontdekt?'

Dat is helaas niet het geval. 'We zijn er hard mee bezig,' verzekert Van Bensdorp me, 'alleen hebben we weinig bruikbare aanwijzingen. Uit het onderzoek naar de telefoontjes is niets gekomen, dat heeft u vast al van mevrouw Van Duin gehoord.'

Ik knik bevestigend.

'De voetafdrukken in uw atelier waren van sportschoenen van het merk Nike, maat 44. Een veel voorkomende mannenmaat.'

In het depot van Allards galerie zijn vingerafdrukken genomen, omdat het om diefstal van een kunstwerk ging, maar die bleken alleen van Allard en zijn medewerkers te zijn. 'De dief had waarschijnlijk handschoenen aan,' aldus Van Bensdorp.

'Bent u ook achter de e-mailtjes aangegaan?' vraag ik. 'De mailtjes die naar mij en mijn galeriehouder zijn gestuurd?'

'Daar hebben we een mannetje op gezet. De mailtjes bleken verstuurd te zijn vanuit een groot internetcafé.'

Moedeloos zak ik dieper in mijn stoel.

Van Bensdorp slaat zijn notitieblok dicht. 'Is er misschien iemand die u verdenkt?'

'Ik kan niemand bedenken, hoewel ik soms bang ben dat het een bekende is,' geef ik toe. 'Maar de stem op het bandje van mijn antwoordapparaat klinkt op geen enkele wijze vertrouwd.'

'U bedoelt het bandje waarop hij masturbeert?'

Ik knik.

'Dat heb ik ook beluisterd,' vervolgt Van Bensdorp. 'Dat telefoontje moet heel gênant voor u zijn geweest. En de stem is zodanig vervormd dat we er niets aan hebben in het onderzoek. Maar om nog even terug te komen op mijn vraag: volgens onze ervaring gaat het in dit soort gevallen vaak om iemand uit de persoonlijke omgeving van het slachtoffer.' Hij blijft me strak aanstaren, alsof hij denkt dat ik iets achterhoud.

'Ik heb echt geen flauw vermoeden wie het is, anders had ik dat allang gezegd,' zeg ik kribbig.

Zijn blik wordt weer vriendelijk. 'Voorlopig kunnen we niets voor u doen, maar ik zal af en toe een patrouillewagen langs uw huis laten rijden. Hopelijk schrikt dat die man af.'

Van Bensdorp brengt me naar de uitgang en geeft me zijn visitekaartje met het verzoek contact met hem op te nemen als zich nieuwe ontwikkelingen voordoen.

Met het gevoel dat ik mijn tijd verspild heb, loop ik naar mijn fiets.

Na mijn bezoek aan het politiebureau race ik terug naar mijn hofje, verwissel mijn fiets voor mijn auto en sla voedsel in voor twee weken. Ik koop kilo's zuurtjes en minttoffees, vijftien pannen met antiaanbaklaag en een paar kookwekkers. Als laatste ga ik naar een cadeauwinkel en kies een goudkleurige waxinehouder uit en neem er een doos waxinelichtjes bij.

Als ik bepakt en bezakt weer thuis kom, bel ik gelijk Therese en Stef om ze te vertellen over het telefoontje van Anneke en mijn bezoek aan de politie. Ze zijn net zo teleurgesteld als ik dat er zo weinig, of beter gezegd niets, uit het onderzoek is gekomen.

'Wat ga je nu doen?' vraagt Therese.

'Aan de slag voor mijn tentoonstelling.'

Zowel Therese als Stef doet er niet moeilijk over dat ik de komende tijd niet bereikbaar ben en alleen voor noodgevallen de mobiel aanhoud. In tegenstelling tot Jessica hebben ze wel vaker meegemaakt dat ik geen tijd voor ze had omdat ik een snel naderende deadline moest halen.

'Wil je me elke dag een sms sturen?' vraagt Therese. 'Anders heb ik geen rust. En neem vitaminepillen.'

Stef wenst me sterkte en komt nog even terug op mijn adoptie. 'Ik weet dat je het er nog niet over wilt hebben, maar ik ben er helemaal kapot van, Maan. Hoe moet jij je dan niet voelen? Bel me als het je te machtig wordt, oké?'

Na mijn gesprekjes trek ik het snoer van de telefoon eruit en berg het antwoordapparaat op in mijn nachtkastje. Daarna ga ik naar mijn werkkamer. Om te voorkomen dat mijn kwelgeest zich via de pc aan me opdringt, maak ik een mailadres aan bij Yahoo en stuur daarvandaan een mailtje naar Bas. Met de uitleg dat Outlook ongeopend blijft tot mijn schilderijen af zijn.

Vervolgens loop ik met de glanzende houder naar het Chinese lakkastje waarop de foto van mijn ouders staat, veeg een laagje stof van het glas en geef ze beiden een kus. Ik doe een lichtje in de houder en steek het aan. Hun gezichten glanzen in het zachte licht.

Dan begint mijn race tegen de klok.

Met een grote thermoskan zwarte koffie naast me en Nelly Furtado in de cd-speler, schilder ik voor de tweede keer het portret van Jessica, geholpen door de digitale foto's en mijn geheugen. Tussendoor smelt ik zuurtjes, waarbij ik voor elke kleur een andere pan gebruik. Dat scheelt weer schoonmaken en schrobben. Ik maak de ontwerpen op maat, zaag mallen en giet ze zelf, wat me steeds makkelijker afgaat.

Binnen een dag zit ik in een roes. Telkens als ik een nieuw kledingstuk op een doek bevestig, krijg ik een enorme kick. Mijn 'collectie' groeit gestaag. Ik voel me ontwerpster en coupeuse tegelijk. Ik word helemaal vrolijk van een rode bikini met grote oranje stippen en een paarse korte jurk met uitwaaierend rokje. De oranje footballoutfit is geestig en een knalroze mantelpakje à la Chanel, waar ik aanvankelijk over twijfelde, pakt in het echt heel goed uit.

Alles draait om mijn schilderijen, ik gun mezelf maar een paar uur slaap per etmaal en af en toe een snelle hap. Verder leef ik in mijn eigen wereld van vorm en kleur, een wereld waarin stalkers en adoptie niet bestaan. Afgezien van de dagelijkse sms naar Therese en een paar spaarzame mailtjes tussen Bas en mij, die als fotograaf alles snapt van deadlines, heb ik geen sociaal contact.

Jessica heeft zich niet meer laten zien. Snapt ze hoe belangrijk het voor me is om nu mijn privacy te hebben? Of is ze nog kwaad? Het spijt me voor haar, maar ik heb nu geen tijd voor moeilijke gesprekken. Er is geen minuut, zelfs geen seconde te verliezen.

Ik heb een missie.

Twee weken later – ik ben een paar kilo afgevallen en mijn armen zijn gespierd van het roeren en zagen – hangt mijn atelier vol geklede dames. Het lijkt wel een modeshow. Ik ben bezig met de eindspurt, het laatste kledingstuk: de bruidsjapon. Met de deegroller heb ik, na eerst alle papiertjes van de minttoffees afgepeld te hebben, een grote witte plak gemaakt. Die is eerst op het schilderij gedrapeerd, het grove werk, zogezegd. Nu zijn de verfijningen aan de beurt: met witte zuurtjes leg ik 'kant' over de jurk. Daarvoor gebruik ik mallen uit de verfwinkel: rozen en blaadjes voor de rok. Ruitjes voor het bovenlijfje.

Geconcentreerd giet ik een hartje, wanneer ik de brievenbus hoor klepperen. Er valt iets op de mat. Wat raar! De post is vanochtend vroeg toch al bezorgd?

De haartjes op mijn armen gaan rechtop staan. Haastig loop ik naar de deur. Daar ligt een grote envelop zonder postzegel, waarop mijn naam in grote hanenpoten is geschreven.

Voorzichtig scheur ik de envelop open. Er zit een stevig vel papier in. Het is een kinderlijke tekening van mijn huis, compleet met de nieuwe smeedijzeren hekjes. Onderaan de tekening staat *groete van claartje.*

Opgelucht laat ik mijn adem ontsnappen en grinnik verte-derd.

Met de tekening in mijn hand ga ik naar de huiskamer, naar het Chinese kastje, en zet het kunstwerk van Claartje naast de foto van mijn ouders. Daarna pak ik een nieuw waxinelichtje en doe het in de houder. Ik zorg ervoor dat er altijd een kaars brandt. Mijn eigen ritueel.

Vervolgens ga ik weer naar mijn atelier. De witte massa in de pan is nog vloeibaar en ik ga door met hartjes gieten. Tot mijn mobiel gaat. Het nummer van Allard verschijnt op de display. Ah, Allard. Die wil waarschijnlijk weten of ik op schema lig. Hij moet maar even wachten, eerst moet die pan leeg.

Een kwartier later bel ik Allard terug.

'Alle schilderijen zijn klaar,' ben ik zijn vraag voor. 'Op de bruidsjapon na, maar die is waarschijnlijk vanavond af. Of op zijn laatst vannacht.'

'Dat doet mij deugd,' zegt Allard. 'Zal ik morgenmiddag langskomen? Dan neem ik de bus mee en kunnen de doeken meteen naar de galerie. Schikt het om drie uur?'

'Prima.'

Ik hang op en ga zonder pauze verder met de bruidsjurk. Wanneer hij af is, kijk ik op de klok. Twee uur 's nachts. Ik heb twaalf uur aaneen gewerkt en ben beverig van vermoeidheid, maar de bruidsjurk is waanzinnig mooi geworden. Trots bekijk ik hem van een afstandje. Net echt.

Als ik ooit trouw, laat ik 'm in stof namaken. Zal ik mijn ca-mera pakken en een foto van de jurk naar Bas mailen? Nee, be-sluit ik. Ik wil hem niet het gevoel geven dat ik de kerkklokken al hoor luiden.

22

Het vuile sop verdwijnt met een kolkende beweging in de gootsteen. Ik ben nog steeds moe, ondanks mijn eerste goede
nachtrust sinds weken. Maar mijn lichaam is nog zo gewend
om op adrenaline door te gaan, dat ik mijn keuken, waar het
vuil zich had opgehoopt, een grondige schoonmaakbeurt heb
gegeven. Nu is het aanrecht leeg, het gasfornuis smetteloos en
de overvolle vuilniszak vervangen. De gelakte houten vloer
blinkt en ruikt schoonmaakmiddel-fris. Met een sponsje boen
ik de kringen en vegen van de keukentafel en zet de pannen met
de aangekoekte resten van de zuurtjes bij het vuil, daar valt
toch geen eer meer aan te behalen. Alleen nog even de kattenbak verschonen en de etensbak van McDonalds vullen, dan
ben ik klaar.

Met een blikje brokjes met zalmsmaak, daar is Mac dol op,
loop ik naar het nisje tussen de gang en de keuken, waar in de
ene hoek de kattenbak staat en in de andere zijn etensbak. Ik
druk op het lichtknopje en zie dat het eten van McDonalds on-
aangeroerd is: de smeuïge brokjes zijn veranderd in een harde
bruine korst. Raar, het is niets voor mijn vraatzuchtige kat om
zijn eten aan zijn neus voorbij te laten gaan.

Verdomme! Gisteren ben ik vergeten zijn etensbak te vullen.
Dat betekent dat hij dus al twee dagen niet heeft gegeten!

Wanneer heb ik Mac eigenlijk voor het laatst gezien? Tot
mijn schaamte moet ik bekennen dat ik mijn kater zo schande-
lijk verwaarloosd heb, dat ik het niet eens precies meer weet.

Waarschijnlijk een paar dagen geleden. Vannacht lag hij ook niet op zijn vaste plekje op mijn voeteneind, maar daar heb ik niets achter gezocht. Het komt wel vaker voor dat hij een nachtje de hort op is.

De vieze bak zet ik in de gootsteen, vul hem met heet water en loop met het blikje kattenvoer de tuin in om McDonalds te roepen. Gewoonlijk komt hij meteen aanrennen, maar dit keer niet. Mijn lapje grond doorkruisend, onder de struiken kijkend en in de andere tuinen turend, blijf ik roepen. Er klinkt geritsel in een boom en ik kijk hoopvol op. Maar het is een duif die zich, geschrokken van mijn aanwezigheid, uit de voeten maakt. Zou Mac binnen zijn?

Ik doorzoek mijn huis en als ik hem dan nog niet vind, duik ik zelfs mijn kasten in, kijk onder de bank en kruip onder mijn bed. Mijn oren gespitst op het miniemste geluidje.

Is Mac de deur uitgeglipt om een ander onderkomen te zoeken? Dat is dan mijn eigen schuld. Terwijl ik bezig was met de *Candy Clothes,* heb ik nauwelijks naar hem omgekeken. En hij heeft nog steeds de pest in over het hardboardplaatje op de voordeur. Ik kan het hem niet kwalijk nemen als hij is gaan kijken of het gras elders groener is. Het zou niet de eerste keer zijn. Vlak na onze verhuizing was hij zo van slag, dat hij ervandoor ging en bij een oude dame belandde, een paar huizen verder, die hem Gourmethapjes voerde. Tot ze erachter kwam dat ik zijn bazinnetje was en McDonalds terugbracht. Maar bij haar kan hij nu niet zijn, ze is kortgeleden bij haar dochter ingetrokken.

Ik begin ongerust te worden. Zou Mister X hierachter zitten? Hij heeft mijn kat immers bedreigd. Nee! Laat ik nou niet gelijk aan het ergste denken. En het kattenluikje in de voordeur is dicht. Wacht! Er is nog een kans dat hij bij Jessica is. Ik loop naar boven en klop op haar deur. 'Jesse, is McDonalds bij jou? Hij is nergens te bekennen.'

'Geen idee, maar kom binnen.'

Ik had niet verwacht dat ze me om de nek zou vallen, maar

er kan zelfs geen glimlach af. Waarschijnlijk is ze nog steeds beledigd. Heel kinderachtig. Ze helpt me wel met zoeken, maar verder kan er geen boe of bah af. In stilte kammen we samen haar etage door.

Geen spoor van Mac. Zou hij dan toch naar buiten zijn geglipt? Toen ik naar de verfwinkel ging om malletjes uit te kiezen, was ik zo vermoeid, dat ik niet goed opgelet heb. Het is dus niet uitgesloten dat McDonalds ergens op straat rondzwerft.

'Ik ga bij de buren vragen of ze hem gezien hebben,' zeg ik tegen Jessica.

'Mijn moeder staat vandaag op mijn agenda, anders had ik best mee willen gaan.'

De onverschilligheid, echt of niet, druipt ervan af. *Wat een trut!*

Nadat ik het hofje door ben geweest, voorbijgangers heb aangesproken en McDonalds steeds weer beschreven heb, bel ik aan bij iedereen die een tuin heeft. Maar niemand heeft iets gezien of gehoord. Ik heb zelfs onder auto's gelegen, wat me niet meer heeft opgeleverd dan een vuile spijkerbroek.

Ontmoedigd keer ik terug naar huis, ga naar het lakkastje met de foto van mijn ouders en de goudkleurige waxinehouder. 'Mam, pap, help me alsjeblieft McDonalds terug te vinden,' zeg ik smekend. Het lijkt of mijn moeder me liefdevol toelacht. Een speling van het licht, ik weet het, maar toch doet het me goed.

Ik pak hun foto, druk 'm tegen mijn borst en ga op de grond zitten. Mijn hoofd rust tegen het kastje en nu pas voel ik hoe moe ik ben. Moe is nog zwak uitgedrukt. Ik ben bekaf. Kapot.

'Ik wil McDonalds terug,' wens ik hardop. 'En gewoon de telefoon op kunnen nemen zonder bang te zijn dat die rotzak aan de lijn hangt. Outlook openen zonder dat mijn hart als een gek tekeer gaat van de zenuwen. Ik wil niet meer wantrouwig hoeven te bedenken of een van mijn vrienden of kennissen besloten heeft mijn leven tot een hel te maken. Ik wil mijn oude, vertrouwde leventje terug. Mijn "simpel niets aan de hand"-leventje. Maar eerst McDonalds!'

De bel gaat. Allard zou om drie uur komen. Is het al zo laat? Dan heb ik hier ruim een halfuur gezeten! Snel zet ik de foto terug en ga met mijn vingers door mijn haar in een poging mijn woeste bos krullen enigszins te temmen.

'Maan, wat zie je er slecht uit!' is het eerste wat Allard tegen me zegt als ik de deur voor hem open. 'Volgens mij heb je te hard gewerkt.'

'Nee, dat is het niet. Tenminste, niet alleen. McDonalds is weg.'

'Is hij de tuin weer onveilig aan het maken?'

'Dat hoop ik, maar ik vertrouw het niet helemaal, misschien heeft mijn stalker hem te pakken gekregen.'

'Moet je luisteren,' zegt hij streng. 'Ik weet dat je een zware tijd achter de rug hebt, maar ik geloof echt niet dat iemand je kat kwaad zou doen.'

Ik ga niet op zijn woorden in, maar als Mister X het lef had om in te breken en mijn jurk te vernielen, waarom zou hij McDonalds dan geen kopje kleiner maken als hij de kans kreeg?

'Zullen we meteen maar naar je schilderijen gaan kijken?' stelt Allard voor. 'Ik ben razend nieuwsgierig.'

Even later loopt hij enthousiast in mijn atelier rond. Vooral over de trouwjurk is hij lovend. 'Dat wordt het topstuk van de collectie.' Hij kijkt nog een keer waarderend om zich heen. 'Wat moet jij je afgebeuld hebben om dit zo snel voor elkaar te krijgen. Respect.' Hij loopt op me af en aait mijn wang. Dan buigt hij zijn gezicht naar de mijne en kust me zachtjes op mijn mond.

Help!

Voordat hij verder kan gaan, klinken er voetstappen achter ons. Ik kijk om en daar staat Jessica, haar armen over elkaar geslagen.

Opgelucht kijk ik haar aan. Tot ze haar mond open doet.

'Ik heb Maan geholpen om het smeltprocédé uit te zoeken,' zegt ze.

Wat flikt ze nou? Er valt een gênante stilte.

'Ze heeft gelijk,' zeg ik om de situatie te redden. 'Allard, dit is Jesse. Zonder haar hulp had ik het niet gered.'

Allard haast zich naar Jessica om haar de hand te schudden.

'We zullen een bedankbordje voor Jesse maken,' zeg ik, terwijl ik de woede uit mijn stem probeer te houden.

'Dat hoeft niet, hoor,' zegt Jessica, alsof ze zelf geschrokken is van haar gedrag.

Ik negeer haar opmerking.

Allard, die zich niet bewust is van de spanning die in de lucht hangt, of geen zin heeft er aandacht aan te schenken na zijn mislukte poging me te kussen, begint de doeken van de muur te halen. 'Laten we ze in de bus zetten.'

Jessica druipt af.

Na een halfuurtje op en neer lopen liggen alle schilderijen veilig verpakt in bubbeltjesplastic in de bus en is mijn atelier vreemd leeg.

'Mijn excuus, Manuela,' zegt Allard voor hij vertrekt. 'Ik kon me even niet meer beheersen, ik vind je zo prachtig.'

Ik ben blij dat hij zich verontschuldigt, nu hoef ik hem geen tweede keer af te wijzen. 'Maak je niet druk,' zeg ik. 'Ik ben het al vergeten.'

Hij start de bus en rijdt weg.

Allard is amper uit het zicht of het geluid van een motor galmt door het hofje. Stefs oude Engelse motor.

'Was dat de bus van Allard?' vraagt hij zodra hij zijn helm heeft afgezet.

Ik knik. 'Alle schilderijen zijn mee.'

'Dat gaan we vieren.' Hij tilt me op en draait een rondje met me. 'Wat is er met jou? Je bent op tijd klaar voor de expositie, maar je kijkt niet bepaald blij.'

Boven, aan de keukentafel, vertel ik hem over de verdwijning van McDonalds, en dat ik de hele dag tevergeefs aan het zoeken ben geweest. Over het irritante gedrag van Jessica heb ik het niet, ze heeft vandaag al aandacht genoeg gehad.

'Shit,' zegt Stef. 'Is dat monstertje echt nergens te bekennen? Je krijgt het wel voor je kiezen, zeg.'

'Ik ben bang, Stef.'

'Je bedoelt dat...'

'Inderdaad.'

'Kijk het nog een dagje aan. Hij is toch wel eens eerder weggeweest en toen bleek hij bij dat oude dametje te zitten.'

'Die mevrouw woont hier niet meer.'

Stef is even stil, dan kijkt hij me aan met een eureka-blik. 'Maan, het kattenluikje in de voordeur is dicht. Stel nou dat McDonalds naar buiten is geglipt, hè, dan kan hij niet op eigen kracht terug.'

'Dat is waar.'

'Zie je wel. Misschien moeten we overal briefjes in de bus gooien,' stelt hij voor.

'Waar wachten we op? Kom op, we gaan aan de slag.'

In mijn werkkamer maken we posters op de pc. We zetten er een foto plus beschrijving van McDonalds op, en mijn adres en telefoonnummers.

Uiteindelijk printen we honderd posters en lopen samen door het hofje en de aangrenzende straten om de poster in de brievenbussen doen. Als we daarmee klaar zijn, voel ik me een stuk geruster. In ieder geval heb ik er nu alles aan gedaan om Mac terug te vinden.

Weer thuis plug ik de stekker van de telefoon in de contactdoos en haal het antwoordapparaat uit het nachtkastje. Voor eventuele reacties.

'Ik heb honger gekregen van deze klus, en jij hopelijk ook.' Stef houdt zijn rugzak omhoog. 'Eigenlijk kwam ik om voor je te koken. Hierin zitten alle ingrediënten voor een groentelasagne.'

'Je wordt nog eens een echte keukenprins. Ik dacht dat jouw repertoire bestond uit barbecueën en roereieren bakken.'

'Je vergeet de sudderlapjes,' voegt hij eraan toe. 'Ik ben de kampioen van de sudderlapjes. Naar een oud recept van jouw moeder.'

Stef heeft, toen hij een jaar of veertien was, een periode gehad dat hij niet uit mijn moeders keuken was weg te slaan. Op een dag wilde hij sudderlapjes leren maken. Mam deed alles stap voor stap voor en Stef schreef het als een ijverige student op. Ik zat mijn huiswerk aan de keukentafel te maken, terwijl zij aan het braden en sudderen sloegen. O, wat was mijn moeder dol op hem. Mijn vader trouwens ook, ze gingen samen wel eens vissen. Mannen onder elkaar. Hoelang zijn Stef en ik nou bevriend? Ik reken terug. 21 jaar. Sinds de kleuterschool. Vertederd kijk ik naar zijn lange postuur, zijn enigszins scheefstaande oren, de vertrouwde welving waar zijn nek in zijn achterhoofd overgaat. Als je hem daar kietelt, krijg je hem geheid op zijn knieën. Volgens mij ben ik de enige die dit weet.

'Voor ik het vergeet,' zegt Stef. 'William was vanmiddag even bij me in de garage. Hij vroeg of je al klaar was met de *Candy Clothes*. Hij heeft de zaag nodig, maar hij wilde je niet storen.'

'Dan moet dat ding zo snel mogelijk terug. Wacht, ik doe het nu meteen.' Ik spring op.

'Rustig aan, je hebt alle tijd. Ik moet toch eerst van alles voorbereiden en dan moet het gerecht nog een uur in de oven.'

Terwijl Stef zijn tas uitpakt, ga ik naar mijn atelier om de decoupeerzaag schoon te maken. Daarna doe ik hem netjes in de doos, samen met een extra pakje zaagjes. Terwijl ik een bedankbriefje schrijf, wordt er op de deur geklopt.

'Binnen,' roep ik.

Jessica staat in de deuropening. 'Sorry, Maan, ik heb me belachelijk gemaakt toen Allard er was. Net als tijdens Stefs concert.' Haar grijze ogen staan vol tranen. 'Ik besef dat ik me soms als een verwend kind gedraag. Ik voelde me afgewezen, omdat ik je niet mocht helpen, echt heel flauw van me. Het spijt me.'

'Het is jammer dat je je zo snel gekwetst en buitengesloten voelt, dat is helemaal niet nodig,' zeg ik, nog steeds boos.

'Ik weet het. Wil je alsjeblieft mijn excuses aanvaarden? Ik wil onze vriendschap niet kwijt!'

'Oké, zand erover.'

'Echt?'

Jezus. Haar stem klinkt als die van een meisje van zes in plaats van een vrouw van vierentwintig.

'Echt,' stel ik haar gerust, ook een beetje om er vanaf te zijn.

Met de decoupeerzaag onder mijn arm, sta ik voor de deur van Ruby en William. Als ik op de bel druk, duurt het even voor er een reactie komt. Ze zijn toch wel thuis? Ik doe een stap naar achteren en zie dat er licht brandt.

'Hallo?' klinkt Ruby's stem uit de intercom.

'Ik ben het. Maan.'

'Een ogenblik.'

Wanneer Ruby de deur opent, lijkt ze verdomd veel op een vogelverschrikker. Haar haren staan alle kanten uit, alsof ze net uit bed is gestapt. Misschien is dat ook wel zo, want ze draagt een duster.

Zonder iets te zeggen, gaat ze de gang in. Ik volg haar en bots bijna tegen haar op wanneer ze plotseling halt houdt en zich omdraait. Ze grist de decoupeerzaag uit mijn handen.

'Bedankt voor het lenen,' zeg ik.

'Laat maar,' onderbreekt ze me. 'Spaar me je plichtplegingen en sta me niet zo stom aan te staren, mens. Ik weet heus wel dat je achter mijn man aanzit!'

'Wat?' roep ik verbaasd. 'Hoe kom je daar nou bij?'

'Hou je mooie praatjes maar voor je. Dacht je nou echt dat je mij om de tuin kon leiden? Miss Hotshot, met je kunstwerken en je dure kleertjes. Ik weet heus wel dat je mij maar een gewone huisvrouw vindt en dat je medelijden met me hebt. Maar William is van mij, hoor je! Van mij!'

Ze denkt werkelijk dat ik het op William voorzien heb. 'Hoe

kan je zoiets van me denken?' vraag ik zachtjes. 'We zijn vriendinnen.'

Ruby lacht schamper. 'Vriendinnen? Wij? Dat dacht ik ook, tot ik je doorkreeg.'

'Ik heb echt niets met jouw man. Ruby, heb je pillen geslikt?'

'O, gaan we op die toer. Ach, die arme Ruby, die moet naar de psychiater. Hou je bezorgde nonsens maar voor je. Eruit!'

Dit kan niet waar zijn. Ik waag nog een poging. 'Ruby, alsjeblieft. Luister naar me.'

'Wegwezen, en niet meer terugkomen. Ik hoef jou nooit meer te zien.'

Als een geslagen hond druip ik af.

'Je gelooft nooit wat er net gebeurd is,' zeg ik tegen Stef als ik weer thuis ben.

'Wat!' roept Stef wanneer hij mijn verhaal aangehoord heeft. 'Het klinkt alsof ze helemaal de weg kwijt is.'

'Zou Claartje thuis zijn?' vraag ik me hardop af. 'Daar moet je toch niet aan denken!'

Stef pakt zijn mobiel. 'Dit moet William weten, dan kan hij ingrijpen.'

'Ik ga nog even de tuin in.' Met een vers blikje kattenvoer ga ik naar buiten. Al roepend en lokkend maak ik weer een rondje. Geen spoor van mijn kater. Waar zou hij toch zijn? 'Ik mis je,' zeg ik voor me uit.

Misschien komt het omdat er de laatste tijd zo veel nare dingen gebeurd zijn, dat ik moe ben en geschrokken van Ruby's houding, maar het is of iets in mij 'weet' dat ik McDonalds nooit meer terug zal zien. Ik heb door de dood van mijn ouders geleerd dat het leven van het ene op het andere moment kan veranderen. Dat je iets of iemand die je dierbaar is, in een fractie van een seconde kan verliezen. Alleen voelde ik me toen niet angstig en bedreigd. Zoals nu.

Een borrel. Ik wil een borrel. Ik ga naar binnen en schenk twee glazen whisky in. Ik zet er eentje naast Stef op het aanrecht, hij is druk in een pan aan het roeren, en van de andere neem ik een ferme slok.

'Was je op zoek naar Mac?' vraagt Stef.

'Ja.'

Na een blik op mijn gezicht én de whisky weet hij genoeg. Hij vraagt niet verder.

'Heb je William nog te pakken gekregen?'

'Ja. Hij gaat direct naar huis, naar Ruby. Claartje is gelukkig bij een vriendinnetje, daar kan ze blijven logeren.'

'Heeft William nog wat over mij gezegd?'

Stef legt zijn hand op mijn schouder. 'Maan, volgens William heeft Ruby al eerder aan hem laten blijken dat ze niet dol op je is. Zacht uitgedrukt. Ze is er op een of andere rare manier van overtuigd geraakt dat jij achter haar rug William probeert te versieren.'

'Maar dat is niet zo!'

'Tuurlijk niet.' Stef klinkt verontwaardigd. 'William heeft haar ervan verzekerd dat jij nog nooit avances hebt gemaakt, maar ze wil het niet geloven.'

'Wat moet ik hier nou mee?'

'Niets. Je kan niets doen, alleen maar afwachten. Maar ik heb wel een ander plan, tenminste, als je dat goedvindt.'

Nieuwsgierig kijk ik hem aan.

'Zullen we voor we gaan eten wat bloemen uit de tuin plukken en die bij de foto van je ouders leggen?'

Ik sla mijn arm om zijn middel. 'Je bent een kanjer.'

'Zeg dat nog eens!'

23

Lusteloos hang ik op de bank. De vrolijke rode bekleding vormt een schril contrast met mijn stemming. Het loopt al tegen vieren en er heeft nog niemand op mijn poster gereageerd. Niemand! Het enige lichtpuntje is dat mijn stalker ook niets van zich heeft laten horen. Tot nu toe dan.

Ik pak het roze kussentje dat in de hoek van de bank ligt, het kussentje waarop McDonalds vaak lag te slapen, en breng het naar mijn gezicht. Wanneer ik zijn vertrouwde geur ruik, krijg ik een brok in mijn keel. Was mijn dikke lieverd maar weer thuis.

Moet je me nou toch zien. Vastgeklemd aan een roze kussen, terwijl de meest afschuwelijke filmpjes door mijn hoofd spelen: McDonalds die gewurgd wordt, terwijl zijn pootjes in een laatste stuiptrekking schokken. Mac, die wordt doodgeslagen of verdronken. Scènes om beroerd van te worden. Ik moet echt zo snel mogelijk van die bank af. Iets gaan doen, anders word ik knettergek. Maar wat? Mijn huis is al van onder tot boven gestoft, gezogen en gedweild. De wasmachine draait overuren, mijn boeken staan op alfabet in de kast, zelfs mijn nachtjaponnen hangen op kleur. Het is hier nog nooit zo netjes geweest.

Bas heeft vanochtend een mailtje van me gehad, waarin ik hem liet weten dat ik weer op mijn oude e-mailadres te bereiken ben, maar tot nu toe heeft hij niet gereageerd. Dus ga ik voor de derde keer vandaag naar mijn werkkamer en open Outlook.

Bingo! Eén bericht. Van Bas, gelukkig. Geen *rocodile*-gedoe. In het bericht staan instructies hoe MSN werkt. 'Ik wil met je chatten,' heeft Bas geschreven. 'Dan kunnen we, ook al zit er een oceaan tussen, direct op elkaar reageren.'

Met een rode kop zit ik achter de computer.

'Geweldig dat het je gelukt is,' schreef Bas toen ik me bij MSN had aangemeld en met hem 'in gesprek' was. 'Volgens mij heb jij een enorme dikke knuffel nodig nu je kat verdwenen is.'

'Daar heb je volkomen gelijk in.' Ik drukte op *send*, en in het venster verscheen mijn reactie onder de zijne.

'Doe je ogen dicht en denk dat ik zachtjes je haren streel.'

Al snel werden de zinnetjes erotisch. 'Ik kus je lippen, Maan, en ga met mijn tong voorzichtig langs de jouwe.'

Ik schrok er een beetje van. 'Dit is nieuw voor me, *amour* per chat, bedoel ik.'

Dat was het voor Bas ook, tenminste dat schreef hij. 'We gaan gewoon kijken of we het leuk vinden, oké?' stelde hij voor. 'Wat heb je aan? Een truitje, een T-shirt?'

'Een truitje met knopen.'

'Die knopen doe ik heel langzaam open, zodat je borsten langzaam tevoorschijn komen. Wat ben je mooi.'

Virtueel werd ik gekust, geknuffeld en gestreeld.

'Ik raak je borsten aan en kreun, het voelt zo heerlijk je aan te raken.'

'Mijn borsten zijn groot en zacht, er zitten sproetjes op,' was mijn eerste voorzichtige aandeel.

'Maan, je maakt me gek. Mijn handen gaan door je bos rode haar, terwijl ik je borsten lik. Eerst cirkeltjes rond je tepels, ze gaan rechtop staan, en dan neem ik een tepel in mijn mond en sla mijn armen om je middel. Ik aai je billen, o, wat voelen ze goed.'

De term virtuele seks vond ik tot nu toe enigszins lachwekkend, maar toch gebeurde er iets wat ik nooit voor mogelijk had gehouden: ik raakte opgewonden. En niet zo'n beetje ook.

Wow, als het nu al zo spannend is, hoe zou het dan in het echt zijn met Bas? Hij weet precies hoe een vrouwenlichaam in elkaar zit en wat een vrouw fijn vindt. Volgens mij is hij een fantastische minnaar.

Na afloop nam hij me in zijn armen en dicht tegen elkaar vielen we in slaap.

Op de chat dan, in *real life* voel ik me zo fit als een hoentje. Klaarwakker. Energiek. Depressief rondhangen op de bank lonkt niet meer.

Trouwens, ik heb een plan: ik ga *Herinnering* opnieuw maken! Ditmaal wordt de vrouwentorso niet van gips, maar van klei. Dat heb ik in mijn stellingkast liggen. De suikerspinmachine is ondertussen kapot en met de vuilnisman meegegaan, maar ik verzin wel een andere manier om zwarte draden om het hoofd te wikkelen. Dropveters misschien. Of nee: dun zwart ijzerdraad. Dat lijkt me mooi subtiel en het is qua conservering wel zo makkelijk.

Uit volle borst meebrullend met een cd van Anastacia, maak ik de klei gebruiksklaar. Een bak water staat binnen handbereik. Ik kneed, duw en stomp tegen de homp klei alsof het een boksbal is.

Voor de tweede keer vandaag leef ik me helemaal uit. Eerst in de liefde, nu in mijn werk. Mijn hoofd wordt eindelijk stil, mijn handen nemen het over en beginnen als vanzelf te modelleren. Langzaam verandert de homp klei in een buste, met een gezicht, hals en schouders. De eerste aanzetten tot gelaatstrekken verschijnen.

Wanneer ik kramp in mijn rug krijg, neem ik pauze. En dan pas schiet me te binnen dat ik gisteren vergeten ben mijn dagelijkse sms naar Therese te sturen. Ik pak mijn mobiel en zend haar snel een berichtje waarin ik haar op de hoogte breng van de laatste ontwikkelingen: 'Candy Cl af. Mac weg. Ruby ruzie.'

De sms is amper verzonden of Therese belt. 'Ik ben blij dat je me sms'te, ik was al van plan te bellen om te checken of alles goed met je was.'

'Sorry,' zeg ik.

'Geeft niet.' Dan feliciteert ze me omdat mijn schilderijen af zijn en vraagt direct daarna naar McDonalds.

'Hij is nog steeds niet boven water.'

'Wat erg. Als het maar niet het werk van je stalker is,' zegt ze gespannen. 'Heb je nog last van hem gehad?'

'Nee. Gelukkig niet. Nog niet. Tenzij hij McDonalds...' Het lukt me niet de zin af te maken, ik krijg het gewoon niet uit mijn mond.

Therese zucht. 'En wat is er aan de hand met jou en Ruby? Hebben jullie ruzie gehad?'

Therese luistert aandachtig, terwijl ik haar over mijn aanvaring met Ruby vertel. 'Ik begrijp niet hoe ze erbij komt dat ik achter William aan zou zitten,' eindig ik mijn relaas.

'Dat is inderdaad vreemd,' zegt Therese. 'Ik dacht dat jullie zulke dikke maatjes waren.'

'Nou, dan kan ze goed toneelspelen en ben ik erin getrapt. Och hemel, zou Ruby...?'

'Nee, liever, daar is deze vrouw veel te verward voor.'

'Een vrouw kan ook te grote gymschoenen aantrekken.'

'Nee, ik kan me niet voorstellen dat zij jouw stalker is. Echt niet.'

Ook al blijft Therese rustig, het valt me op dat ze af en toe met hortende stootjes ademhaalt en dat haar stem af en toe beverig klinkt. Misschien wordt het haar allemaal een beetje te veel.

Dat Jessica een scène maakte in het atelier, hou ik dus voor me. Daar ga ik haar niet mee lastigvallen. 'Er is ook een leuk nieuwtje,' zeg ik en ik probeer mijn stem een opgewekte klank te geven. 'Ik ben *Herinnering* opnieuw aan het maken, nu van klei. Volgens mij wordt-ie heel goed.' Bij de laatste zin is mijn opgetogenheid echt.

'Wat fijn!' De opluchting in haar stem is onmiskenbaar. 'Ik was bang dat je na je deadline in een gat zou vallen. Ik ben razend benieuwd naar de nieuwe *Herinnering*, en naar de *Candy*

Clothes, natuurlijk, maar die kan ik over een paar dagen zelf bewonderen tijdens de opening.'

'Jij wordt mijn eregast,' zeg ik.

Therese lacht gevleid. 'Zeg, Maan, als *Herinnering* af is, mag ik het dan in mijn hotel tentoonstellen? Dan laat ik er speciaal een glazen vitrine voor in de lobby zetten.'

Bij voorbaat krijgt ze mijn toestemming. Ook al heeft ze het niet laten merken, ik weet hoe kapot ze ervan was toen het origineel gestolen bleek te zijn. Het was immers ook het monument voor háár broer en zijn vrouw.

In mijn werkkamer schuif ik de foto van Bas wat dichter naar me toe, terwijl het bekende opstartgeluidje van Windows klinkt. Net als ik Outlook wil openen, wordt er op de deur geklopt en stapt Jessica naar binnen. 'Maan, ik heb brownies gebakken, ze zijn hartstikke goed gelukt. Wil je er eentje?'

Dit is duidelijk een zoenoffer en dat kan ik met goed fatsoen niet weigeren. 'Lekker. Als ik hier klaar ben, kom ik eraan.'

'Nee joh, ik breng ze wel. Met koffie.' Ze verdwijnt naar boven.

Eerlijk gezegd heb ik geen behoefte om gezellig met Jessica koffie te leuten, maar als ik weiger, gaat ze de komende tijd misschien weer zo pruilen en mokken. En daar heb ik helemaal geen trek in.

In mijn inbox staan twee nieuwe berichten. Eentje van Bas en eentje van een onbekende afzender met de titel *Art on the Inside*. Waarschijnlijk een uitnodiging voor een opening. Eerst open ik het bericht van Bas. 'Was je maar hier, dan gingen we echt vrijen, en dan samen bagels eten en *latte* drinken. Ik kan niet wachten om je in mijn armen te sluiten. Dag lekker ding van me.'

'Mm, lekker vooruitzicht,' schrijf ik terug. 'MSN is voor herhaling vatbaar.'

Ik open het tweede bericht en hap naar adem.

Er zaten tralies voor haar deur en ramen. Ze ging toch niet terugvechten, hè, dat stomme wijf met haar rode krullen? Dan zou ze van een koude kermis thuiskomen, want niemand zou het van hem winnen. Niemand.

Een tijdje had hij genoten van het kat-en-muisspel, maar nu werd het tijd om toe te slaan. Zijn intuïtie zou hem laten weten wanneer.

24

Op mijn scherm staat een afbeelding van een naakte vrouw, wijdbeens, zodat je haar geschoren vagina kan zien: de schaamlippen, zowel de kleine als de grote, en de clitoris. Alles. Ze heeft mijn gezicht.

Ik kijk nog een keer aandachtig naar de vrouw. Het rozerood van haar kruis steekt vreemd af bij haar gebruinde huid.

'Walgelijk!' roept Jessica, die binnenkomt en bijna het dienblad uit haar handen laat vallen. 'Er druipt nog vocht uit ook. Jakkes!'

Tegelijkertijd gaat de telefoon, maar ik ben zo van de kaart dat ik geen zin heb om op te nemen. Laat het antwoordapparaat zijn werk maar doen. Nee, wacht. Stel dat het iemand voor McDonalds is? Mijn kat gaat vóór.

Razendsnel pak ik de hoorn op, maar het is geen buurtbewoner die Mac heeft gevonden. Het is Allard. Ook hij heeft de e-mail met de ranzige foto gehad. En niet alleen hij, zo vertelt hij me, ook alle mensen die in zijn adressenlijst staan. 'De telefoon staat roodgloeiend. Voor het grootste deel journalisten.'

Geweldig. Nu kan ik me nergens in de kunstwereld meer vertonen.

'Manuela,' zegt Allard. 'Dit is afschuwelijk. Smerig en afschuwelijk. Maar we gaan van de nood een deugd maken, ik ga een persbericht versturen.'

'Wat zet je er dan in?'

'De waarheid. Dat deze afbeelding geen foto van jou is, maar het werk van een of andere smeerlap die met Photoshop en pornoplaatjes aan de gang is geweest.'

'Is dat wel verstandig?'

'Het is de enige manier om je goede naam te zuiveren. En Manuela, hoe vervelend dit ook is, dit zal ervoor zorgen dat het storm gaat lopen bij je tentoonstelling. Zie het als een pr-stunt.'

Een pr-stunt? Wat een vreemde opmerking uit zijn mond. Even komt mijn wantrouwen jegens Allard in volle hevigheid terug, maar ik duw het weg. Onzin. Allard staat volledig aan mijn kant.

'Hij start een tegenoffensief,' zeg ik een paar seconden later tegen Jessica.

'Zoiets begreep ik al.' Ze wijst naar het beeldscherm. 'Moet je nou eens goed kijken. Iedere idioot heeft toch meteen door dat jouw hoofd niet bij dat lijf hoort.'

Inderdaad. Zo te zien gaat de eigenares van dat lichaam minimaal drie keer per week naar de sportschool. Ze heeft een smal middel en enorme siliconenborsten die als appels op haar bovenlijf geplakt lijken. En ze is overduidelijk geen echte roodharige: geen sproetje te bekennen.

Of het van de zenuwen komt, geen idee, maar ik begin te giechelen.

Bezorgd kijkt Jessica me aan.

'Nee, ik ben niet gek aan het worden,' stel ik haar gerust. 'Maar dit is toch te bezopen voor woorden. Die mafkees heeft me een hak willen zetten, maar in plaats daarvan heeft hij ervoor gezorgd dat ik *hot news* ben.' Weer begin ik te giechelen.

'Weet je wat jij moet doen?'

'Nou?'

'In bad!' zegt Jessica beslist. 'Verstand op nul. Blik op oneindig. Volgens mij zit je er helemaal doorheen, ik zet de brownies wel voor je in de ijskast.'

Ik vrees dat ze gelijk heeft.

Voordat ik naar de badkamer ga, overweeg ik nog even om Therese en Stef te bellen en hen voor de pornomail te waarschuwen. Maar de kans dat zij 'm ontvangen is nihil, ze staan immers niet op de mailinglijst van Allard. Daarom heeft hij ze de uitnodiging persoonlijk overhandigd. En wat heeft het voor zin om hen nodeloos te alarmeren? Therese heeft vanwege mij al genoeg voor haar kiezen gehad, net als Stef.

Nee, ik ga in het warme sop.

Ik word wakker van de kou. De waxinelichtjes rondom het bad branden nog gezellig, maar het water is volledig afgekoeld en het is donker. Hoe laat zou het zijn?

Nadat ik me heb afgedroogd tot mijn huid gloeit, trek ik een comfortabele trui en een joggingbroek aan en ga naar de keuken. Ik barst van de honger. Op het tijdklokje van de oven zie ik dat het al over tienen is. Uit de vriezer die vol ligt met kant-en-klare maaltijden, kies ik een kipgerecht en warm het op in de magnetron. Tien minuten later gaat het belletje af en schrok ik mijn eten zo gretig naar binnen dat ik bijna mijn mond brand. Daarna maak ik de brownies die Jessica in de ijskast heeft gezet, soldaat. Alle vijf.

Met een volle maag ga ik, voor de zoveelste keer vandaag, naar mijn werkkamer. Deze keer om het pornoplaatje te wissen. Weg met die rotzooi. Nog één keer kijk ik naar de belachelijke afbeelding en druk op *delete*. Zo. Weg ermee, in de virtuele prullenbak. En die leeg ik ook.

In mijn inbox is ondertussen een bericht van Bas verschenen. Hij heeft twee foto's meegestuurd. Als de eerste op mijn scherm verschijnt, is het of ik een klap in mijn gezicht krijg.

Op het scherm is McDonalds te zien. Een bloedende McDonalds. Een vreemd vervormde McDonalds, die eruitziet alsof een auto over hem heen is gereden.

Ik word zo misselijk, dat ik net op tijd de prullenbak kan pakken. Telkens als ik overeind kom, protesteert mijn maag opnieuw, en ik blijf kotsen tot er alleen nog wat zurig vocht uitkomt. Daarna huil ik de longen uit mijn lijf.

Acht jaar is Mac mijn trouwe metgezel geweest. Ik herinner

me hoe klein en schattig hij was, toen hij pas uit het asiel kwam. Hoe trots ik op hem was, toen hij een grote sterke kater werd. Aan alle momenten dat ik troost en gezelschap bij hem zocht én vond. Hoe hij met zijn pootjes friemelde als hij droomde. Kon ik hem nog maar één keer knuffelen, met mijn hand een harkje maken om zijn buik te aaien.

De tranen stromen over mijn wangen. Hoe heeft iemand zoiets afschuwelijks kunnen doen met mijn lieve schat? Wat ongelooflijk ziek. 'Mac, ik mis je zo verschrikkelijk, en ik voel me zo schuldig dat ik je de laatste tijd zo weinig aandacht heb gegeven,' zeg ik snikkend. 'En mijn huis is zo kaal zonder jou.'

Opeens veer ik overeind. Nee! De aanblik van het lijkje van McDonalds was zo vreselijk, dat het nu pas tot me doordringt dat Bás deze foto gestuurd heeft.

Dat kan niet!

Maar ik heb het bewijs voor mijn neus: Bas en Mister X zijn dezelfde persoon.

Met de muis klik ik op de tweede foto, waarschijnlijk nog zo'n gruwelijke afbeelding van mijn schat. Ik wil het liever niet zien, maar ik vind dat ik het aan McDonalds verplicht ben.

Alleen is het geen foto van McDonalds: het is het boeket dat ik van Mister X heb gehad, ervoor staat zelfs het papiertje met de tekst: 'Van een stille aanbidder.'

Bij de gedachte dat ik mijn gevoelens en gedachten met mijn stalker heb gedeeld, zelfs cyberseks met hem heb gehad, voel ik me verraden en vies. Maar dat weegt niet op tegen het verdriet over McDonalds.

Van het ene op het andere moment word ik kalm. Alsof er een knop in mijn hoofd is omgegaan. De wanhoop en de angst hebben plaatsgemaakt voor kille woede. Iemand wil mij graag gereduceerd hebben tot een zielig hoopje mens. Me kapotmaken. En dat gaat niet gebeuren!

Met het beeld van het met bloed besmeurde lichaampje van McDonalds op mijn netvlies gebrand, open ik de oude mailtjes van Bas, op zoek naar een aanwijzing, iets dat zijn identiteit zou kunnen verraden. Nauwkeurig bekijk ik de foto van zijn buurvrouw en van de lunchroom waar hij zogenaamd vaak at. Die foto's zijn toch echt in New York gemaakt.

Zou hij daar daadwerkelijk geweest zijn? Of heeft hij die plaatjes uit een tijdschrift of een fotoboek gehaald? Hij heeft er in ieder geval veel tijd en energie in gestoken om me in te palmen. En dan heb ik het niet alleen over de foto's, maar ook over de muziek die hij me stuurde. Die engerd moet dag en nacht met mij bezig zijn geweest!

Ik ren naar boven, naar de etage van Jessica. Op mijn kloppen wordt niet gereageerd. Ik klop nog een keer, nu harder. Tevergeefs. En dan bekruipt me een heel onprettig gevoel: ik begin aan Jessica te twijfelen. Ze heeft zich de laatste tijd wel erg vreemd gedragen. En waar hangt ze tegenwoordig 's avonds uit? Wat weet ik eigenlijk van Jessica? Jessica die als uit het niets verscheen, die nooit bezoek krijgt, nooit post, behalve wat rekeningen.

In een opwelling pak ik de reservesleutel van haar etage, gris mijn mobiel van tafel en ga opnieuw naar boven.

25

Als ik Jessica's voordeur open, voel ik me opgelaten. Stiekem. Eigenlijk is dit huisvredebreuk, een strafbaar feit. Stel dat ze plotseling thuiskomt? Dat is een risico dat ik dan maar moet nemen, bedenk ik. Dit is een noodsituatie. Ik moet weten waar ik aan toe ben, al is het alleen maar om mijn argwaan te ontzenuwen.

Waar zal ik het eerst zoeken? Mijn blik valt op haar bureau. Ik open de bovenste la die vol ligt met paperclips, gekleurde viltstiften en wat elastiekjes. Verder niets bijzonders.

De tweede gaat iets moeilijker open, maar met een beetje duwen en trekken lukt het. In deze la ligt een stapel bankafschriften. Jessica is niet bepaald ordelijk. Ik blader door en vind een brief. Wanneer ik 'm openvouw, is duidelijk te zien dat-ie regelmatig gelezen is. Het papier is dun geworden, de vouwlijnen breken bijna. Onderaan staat 'liefs, Alex'. Een brief van haar ex! Snel gaan mijn ogen over de regels.

'Ik hou van je en het spijt me dat ik vreemd ben gegaan. Maar je moet me ook niet zo buitensluiten. Ik weet dat je je schaamt over je verleden en je afkomst, maar in godsnaam, praat erover. Jij kan er toch niets aan doen dat je moeder in een inrichting zit omdat ze schizofreen is?'

In een inrichting? Schizofreen?

'Ik mis je, Jessica,' lees ik verder. 'Kom alsjeblieft terug. Ik heb zo'n spijt van die affaire.'

Even weet ik niet wat ik hiervan moet denken. Maar dat Jessica niet eerlijk tegen me is geweest, is wel duidelijk. Ten eerste was Alex dus niet van plan haar op straat te zetten en ten twee-de zit haar moeder niet in een verzorgingstehuis, maar in een psychiatrische inrichting. Dat is nogal een verschil. Mijn aan-vankelijke schuldgevoel dat ik in Jessica's privéspullen aan het rommelen ben, is verdwenen. Ik moet mezelf beschermen.

Wie is Jessica? Waar komt ze vandaan? Zijn er meer dingen waarover ze gelogen heeft? Ben ik op meerdere fronten om de tuin geleid? Ik plof neer op haar bureaustoel en bekijk de brief nog een keer, op zoek naar meer gegevens over Alex. Helaas ontbreekt zijn achternaam, evenals de datum. Nogmaals ga ik door de la in de hoop de envelop, of nog een brief, te vinden. Maar er ligt niets in dat meer licht op de zaak zou kunnen wer-pen.

Ik besluit haar laptop eens nader te bekijken. Gelukkig ge-bruikt ze geen wachtwoorden, waardoor ik zonder probleem haar e-mails kan inzien.

Ze hebben allemaal met haar werk te maken. Niets ver-dachts.

Natuurlijk niet! Mister X gebruikte immers een hotmail-adres. Hoe kan ik zien of Jessica hotmail heeft bezocht? Ah, na-tuurlijk. Historie! Ik klik er met de muis op.

Wat raar, leeg! Wat heeft ze te verbergen?

Tijd voor een confrontatie. Ik pak mijn mobiel, kies Jessica's nummer en krijg haar voicemail. 'Bel me zo snel mogelijk terug,' spreek ik in. 'Ik ben erachter gekomen dat je tegen me hebt gelogen. Ik weet dat je moeder in een inrichting zit en dat Alex je niet het huis uit heeft gegooid.'

Amper ben ik klaar met inspreken of mijn mobiel gaat over. Dat is wat je noemt een snelle reactie.

'Met Maan.'

Eerst blijft het stil.

'Jesse?' vraag ik aarzelend.

'Nee, stom kutwijf. Natuurlijk niet! Met Bas!' Hij heeft zijn stem weer vervormd. Daarna hoor ik een naar lachje. 'Verrassing voor je, schatje, ik ben vlakbij. Je denkt toch niet dat een simpel alarmsysteempje me kan afschrikken? Nog even en ik kan je aanraken.' Weer dat nare lachje.

In paniek haast ik me naar beneden, naar mijn eigen etage. Hoor ik iets achter me? Mijn hart bonst zo luid dat het elk geluid zou overstemmen. Snel pak ik mijn tas van de keukentafel, graai mijn jas van de kapstok en maak dat ik wegkom. Het huis uit. Met een knal valt de buitendeur achter me dicht.

Op straat is het vreemd stil, er zijn geen voetgangers, geen fietsers. Er is niemand te bekennen. Ik zet het op een rennen, langs de huizen, voorbij de snackbar op de hoek. Die is nog open. Snel keer ik terug op mijn schreden, en glip naar binnen.

De jonge Marokkaanse eigenaar, met wie ik normaal gesproken altijd even een praatje maak, staat rustig achter de toonbank. Alsof de wereld vredig en normaal is. Voor hem is dat waarschijnlijk ook zo. Hijgend sta ik stil. 'Mag ik hier misschien even naar het toilet?'

'Natuurlijk.' Hij wijst naar achteren. Naar de wc, die een verbouwde kast blijkt te zijn.

Ik ben van mijn leven nog nooit zo blij geweest met een kast. Ik ga op de dichtgeslagen wc-bril zitten, pak mijn mobiel en toets 112 in.

'112 Alarmcentrale, waarmee kunnen we u helpen?'

'Er wordt op dit moment in mijn huis ingebroken.'

De kalme stem vraagt mijn huisadres en automatisch geef ik de gevraagde informatie.

'We komen eraan.'

Helder nadenken nu. Wat moet ik doen?

Ik kies het nummer van Therese en wordt doorgeschakeld naar haar voicemail. Shit. Dan probeer ik Stef, die wel opneemt.

'Luister,' zeg ik met schorre stem als ik hem aan de lijn krijg. 'Mister X zit in mijn huis. Het is Bas en hij heeft McDonalds vermoord!'

'Wat! Waar zit je?'

'In de snackbar bij mij op de hoek.' Panisch hijg ik in de hoorn. 'Op de wc.'

'Ik ben zo bij je, ik ben vlakbij.'

'Of de politie komt. Of Stef,' zeg ik tegen mezelf. Als in trance deze zinnen herhalend, blijf ik op de wc zitten. Tot er gebrul van een motor klinkt, het geluid van Stefs oldtimer is zo hard dat ik het gemakkelijk vanuit mijn schuilplaats kan horen.

De snackbareigenaar verbaasd achterlatend, haast ik me naar buiten, naar Stef. Op hetzelfde moment rijdt een politiewagen de straat in en stopt voor mijn deur. Twee mannen in uniform stappen uit. Ik loop naar hen toe, terwijl Stef zijn motor op slot zet.

'Er is een vreemde man in mijn huis,' leg ik uit.

'We zullen het checken,' zegt een van de agenten. 'Wilt u de deur voor ons opendoen?'

'Misschien is hij gevaarlijk,' waarschuw ik ze. 'Ik word al een tijd gestalkt. Rechercheur Van Bensdorp zit op mijn zaak.' Ik rommel in mijn tas, maar ik kan zijn visitekaartje nergens vinden.

'Laten we eerst maar in uw huis gaan kijken.'

Terwijl de politieagenten mijn huis doorzoeken, vertel ik Stef nogmaals dat McDonalds vermoord is en hoe ik erachter ben gekomen dat Bas en mijn stalker dezelfde persoon zijn.

'Tyfus. Verdomde tyfus,' scheldt Stef. 'Ik voel me zo machteloos, ik moet toezien hoe jij de ene klap na de andere krijgt.' Hij geeft een schop tegen de muur. 'Sorry, Maan, dat moest er even uit. Ik hou me verder koest.'

'Vind jij dat ik alles aan die agenten moet vertellen?'

'Volgens mij kunnen we beter morgen bij die Van Bensdorp langsgaan. Dan kan je hem gelijk over McDonalds en Bas vertellen. Misschien kunnen ze via de e-mails van Bas de identiteit van Mister X nu wel achterhalen.' Hij knijpt in mijn hand.

Ik knijp hard terug en blijf zijn hand stevig vasthouden.

Na een kwartiertje komen de agenten weer naar buiten. 'Niets of niemand te zien, mevrouw.'

'Dat kan niet!' roep ik.

'Toch is het zo. We hebben overal gekeken.'

'Is er echt niemand?' vraag ik nog een keer.

'Zeker weten.' Ditmaal voert zijn collega het woord. 'Gelooft u ons maar. Iemand heeft u goed beetgehad. Misschien bent u de laatste tijd een beetje gespannen...'

'Logisch, ik word gestalkt.'

Stef valt me bij. 'En niet zo zuinig ook.'

De agenten beloven een rapport te maken en dat aan Van Bensdorp te geven. Ze stappen in hun auto en rijden rustig weg.

Ik draai mijn gezicht naar Stef, die zijn schouders ophaalt. 'Die klootzak heeft je gewoon de stuipen op het lijf willen jagen.'

'Nou, dat is 'm dan goed gelukt,' mompel ik.

We drinken thee aan mijn keukentafel, nadat ik Stef de foto van McDonalds op de computer heb laten zien. Het kostte me moeite mijn hoofd niet af te wenden.

'Ik heb hier geen woorden voor,' zegt Stef met tranen in zijn ogen.

Vreemd genoeg kan ik niet meer huilen.

'Dat Bas in werkelijkheid jouw stalker is,' zegt Stef dan. 'Wat ongelooflijk sluw!'

Ik knik alleen maar.

Als hij even later hoort wat ik tijdens mijn snuffelpartij in Jessica's huis ontdekt heb, kijkt hij me aan alsof hem dat niet verbaast. 'Het bevalt me niet dat ze zoveel leugens heeft verteld. Afgezien van dat gedoe met die zoen, waar ik niet blij mee was, vind ik ook dat ze nogal overdreven met je omgaat. Ze zit als een klit aan je vastgeplakt. Soms irriteert ze me mateloos.'

Ik sluit mijn ogen. Ik ben moe. Moe van alles.

Mijn mobiel piept. Het is een sms van Jesse. 'Mijn moeder ligt in het ziekenhuis, ze heeft een hersenbloeding gehad, we praten later wel.' Ik laat Stef het bericht lezen. 'Wat moet ik nou?'

'Geen idee,' zegt Stef. 'Maar het lijkt me een goed plan als je met mij mee naar huis gaat. En we veranderen de code van je alarmsysteem.'

'Is dat niet te rigoureus? Dan kan Jessica er niet meer in. Stel dat haar moeder echt ziek is? Dan wil ik niet dat ze voor een gesloten deur staat.'

'Ik vind dat we het zekere voor het onzekere moeten nemen. Als ze contact met je opneemt, kan je haar meteen de nieuwe code vertellen. Ze heeft je heel wat uit te leggen.'

Dat kan ik niet ontkennen. Ik gooi wat kleding in mijn reistas, pak een foto van McDonalds en leg die samen met die van mijn ouders bovenop. Dan probeer ik Therese nog een keer te bereiken. Tevergeefs.

'Verdomme.' Stef laat er nog een paar hartgrondige vloeken op volgen.

De Norton sputtert. Maar starten, ho maar.

'Zal ik mijn auto dan toch maar pakken?' stel ik met tegenzin voor. Ik ben eigenlijk te zenuwachtig om te rijden.

Stef schudt zijn hoofd. 'Dat lijkt me geen goed plan.'

'Hé, Stef. Maan.'

Achter ons staat William een sigaret te roken. 'Ruby vertelde me dat hier een politiewagen voor de deur stond. Toch niet iets ernstigs, hoop ik?'

'Dat is een lang verhaal,' zegt Stef. 'Maar Maan en ik hebben nu een lift naar mijn huis nodig, mijn motor wil niet starten.'

'Geen probleem. Mijn auto staat een stukje verderop.' William wijst naar het einde van de straat. 'Kom maar mee. Ik moet alleen even mijn autosleutels uit mijn colbertjasje halen. En ik heb nog een fles wodka staan, die neem ik mee voor jullie, jullie kunnen vast wel een hartversterkertje gebruiken.'

'Nou, daar zeg ik geen nee tegen.' Stef zet zijn motor weer op slot en legt er een extra ketting omheen.

Even later zitten we bij William in de auto. Stef brengt hem in vogelvlucht op de hoogte van de recente gebeurtenissen.

'Jemig, had ik maar geweten dat het zo erg was,' zegt William.

'Alsof jíj niet al genoeg aan je kop hebt.'

'Maar toch, dan had ik een oogje in het zeil kunnen houden. Nou ja, ik ben blij dat ik jullie een lift kan geven.'

Het is rustig op de weg. Binnen een kwartier arriveren we bij Stefs huis. Hij woont in een laagbouwwoning, een hoekhuis in de Bijlmer.

Na een glas wodka wens ik Stef en William beiden welterusten en ga naar de logeerkamer. Terwijl ik hen op de achtergrond hoor praten, bel ik Therese nog een keer en krijg weer haar voicemail. Zal ik inspreken wat er gebeurd is? Nee, besluit ik. Ze zou zich alleen maar zorgen maken, terwijl ze niets kan doen. Dat wil ik haar besparen. En trouwens, dat McDonalds vermoord is, wil ik haar persoonlijk vertellen. Dus stuur ik haar een sms dat ik bij Stef logeer en dat ik een paar dagen bij ga slapen, zodat ik uitgerust en fit op mijn eigen opening kan verschijnen.

Dan is Jessica aan de beurt. Ook bij haar slaat de voicemail aan. 'Ik ben bij Stef,' spreek ik in. 'Voor het geval je me niet kan bereiken.'

Dan begint de kamer om me heen te draaien. Het doet me denken aan die keer dat mijn amandelen verwijderd werden en ik een kapje over mijn gezicht kreeg. Geluiden lijken van ver te komen...

26

Wanneer ik bijkom, voelt mijn hoofd aan als een dot watten. Er kriebelt iets op mijn wang. Mijn ogen kunnen maar een klein beetje open en er schijnt vaag licht onder aan mijn blikveld. Jezus, ik ben geblinddoekt!

Mijn tong is gezwollen, mijn mond kurkdroog. Wanneer ik probeer te slikken, lukt dat niet. Hoe kan dat nou? Dan pas besef ik dat er iets in mijn keel zit. Een prop. Ik schreeuw geluidloos en schiet overeind, om net zo hard weer terug te veren, terwijl de pijn venijnig door mijn enkels en polsen snijdt.

Ik lig hier hulpeloos als een baby. Met een prop in mijn mond, geblinddoekt en vastgebonden. Heeft mijn stalker me eindelijk te pakken gekregen?

De angst maakt dat er gal uit mijn maag omhoog komt, zuur en bitter tegelijk. Mijn middenrif trekt zich samen, ik moet overgeven.

Nee! Niet overgeven. Dan stik je in je eigen kots.

Ik doe een ademhalingsoefening. Drie tellen inademen, zes tellen uit. Langzaam trekt de neiging tot braken weg. Zwetend lig ik na te hijgen. Dan hoor ik vanuit een andere ruimte zachtjes een stem. Ik spits mijn oren. Die stem ken ik.

Laat dit niet waar zijn. Laat dit alsjeblieft niet waar zijn!

Het is Stefs lage basstem.

Is Stef mijn stalker? Stef? Nee! Dat kan niet! Dat kan gewoon niet! Maar hoe komt het dan dat ik hier vastgebonden lig en zijn stem hoor? Alleen die van hem? En volgens mij heb ik vanuit Stefs logeerkamer toch echt gehoord dat William en Stef afscheid namen.

Het is weer stil. O Stef. Mijn beste vriend. Ik kan het nog steeds niet geloven. Hoe is het mogelijk dat het lieve jochie dat altijd gewonde dieren wilde redden, dat nooit een vlieg kwaad deed, zo veranderd is? Hoe kan het dat ik nooit iets vreemds aan hem gemerkt heb? Het is of mijn wereld, tenminste, dat wat er nog van over was, instort.

Er klinken voetstappen. Ze komen dichterbij en stoppen naast me. Dan hoor ik wat geschuifel, het scheuren van papier, en iets dat me doet denken aan een nagel die tegen glas tikt. Onmiddellijk daarna voel ik een gemene steek in mijn arm. Iemand geeft me een injectie! In een poging me los te rukken lukt het me een centimetertje of wat omhoog te komen, meer bewegingsruimte heb ik niet. Er stroomt iets kouds door mijn aderen en ik zak weer weg in een onnatuurlijke slaap.

Ik kom bij bewustzijn omdat iemand iets onder mijn neus houdt. Het is penetrant en het stinkt.

'Ik zal je blinddoek eraf halen.'

De stem van William! Redding! Eindelijk redding!

Met tedere vingers wordt de doek voor mijn ogen verwijderd. Om aan het licht te wennen, knipper ik met mijn ogen. Na een paar seconden zie ik dat het schemerlampje brandt, voor de rest is de kamer donker. Het is de logeerkamer van Stef.

Opgelucht staar ik in het gezicht van mijn buurman.

'Zo, dat is een stuk beter, hè?' Hij glimlacht geruststellend.

Ik maak keelgeluiden om hem eraan te herinneren dat die vervelende prop in mijn mond zit. Die moet hij er nog uit halen. En die touwen om mijn polsen en enkels – goedkoop sisaltouw zie ik nu – moeten ook weg.

William buigt zich naar me toe. Zijn glimlach verandert in een grijns. 'Mijn borsten zijn groot en zacht, er zitten sproetjes op.' Hij piept in een poging een vrouwenstem te imiteren. 'O, Bas, ik ben zo opgewonden.'

Deze zinnetjes komen me maar al te bekend voor.

'Ik kan geen genoeg van je krijgen,' gaat William door. Hij lacht alsof het om de mop van de eeuw gaat. 'Wat ben jij makkelijk om de tuin te leiden. Stom wijf.' Geamuseerd leunt hij achterover op zijn stoel. 'Als je belooft je gedeisd te houden, haal ik die prop eruit.'

Ik knik.

William haalt eerst iets weg, wat een rode wollen das blijkt te zijn, dan trekt hij ruw de prop uit mijn mond.

Ik wil vragen waarom hij me dit aandoet, maar er komt alleen wat geschraap uit. Mijn keel voelt ruw als schuurpapier.

William houdt me een glas water voor, waaruit ik een gulzige slok neem. Voor ik verder kan drinken, haalt hij het glas weg. 'Eerst alsjeblieft zeggen.'

'Alsjeblieft.' Het klinkt schor.

'Goed zo.' Hij voert me de rest van het water, zet het lege glas op het nachtkastje en bekijkt me alsof ik een vlinder ben. Opgeprikt in een lijstje.

'Waarom...'

'Kop dicht. En van Stef hoef je geen hulp te verwachten. Die is onder zeil. Godsamme, zeg, wat duurde het lang om hem knock-out te krijgen. Waarschijnlijk omdat hij zo groot is. Ik geloof dat ik zijn glas wel zes keer opnieuw in heb moeten schenken. Een cocktail van wodka en valium.' Weer die rottige grijns. 'Ach ja, op internet is tegenwoordig alles te krijgen. Seks en pillen.'

Jezus! Stef ligt dus ook ergens vastgebonden. Dan was het niet zíjn stem die ik hoorde, maar het bandje van zijn antwoordapparaat! Ik begin te huilen. Van angst. Van spijt dat ik eerst Jessica en daarna Stef verdacht heb. Van pure verwarring.

'Waarom doe je dit?' stamel ik. 'Waarom?'

William springt op. 'Houd je rotkop!' Hij pakt mijn gezicht beet, waarbij hij hardhandig in mijn kaken knijpt. 'Open die mond!' Hij duwt die vieze prop weer diep in mijn keel en knoopt de rode das stevig om mijn mond.

William is volkomen gestoord. Knettergek. En ik ben aan hem overgeleverd.

Hij duwt mijn hoofd op het kussen en komt naast me liggen. Traag streelt hij mijn haar, alsof er niets aan de hand is, alsof we op een deken in de zon liggen te picknicken. Zijn plotselinge stemmingswisselingen zijn angstaanjagend. 'Ik heb je zoveel te vertellen,' zegt hij. Zijn stem is bijna teder.

Het lijkt me het beste om geen weerstand te bieden. Misschien kan ik erachter komen waarom William het op mij voorzien heeft, en hem hopelijk zover krijgen me los te laten.

Ondertussen aait hij maar door, ontwart een krul met zijn vingers. Het kost me moeite het gelaten te ondergaan en mijn walging te verbergen.

Hoe gevaarlijk is William? Hij heeft McDonalds gedood. *Zou hij bij mij ook zo ver gaan?*

Ik ga mijn mogelijkheden na. Om tot de trieste conclusie te komen dat ik niets kan doen. Behalve afwachten.

'Ruby is een beetje overstuur, dat onnozele vrouwtje van me. Sinds die miskraam is ze zo beïnvloedbaar, ik kan haar alles wijsmaken.' Hij lacht. Een misselijk, gemeen lachje. 'Bijvoorbeeld dat wij een verhouding hebben. En dat je mij, vanaf de eerste dag dat je naast ons kwam wonen, achter haar rug om probeerde te versieren. Brave borst als ik ben, ging ik natuurlijk pas na lang aandringen van jouw kant voor de bijl. Nou, daar werd ze toch verdrietig van. Dat mens is veel te gevoelig.'

Arme Ruby.

En wat een klootzak is William om zijn vrouw die het al moeilijk genoeg heeft, zo te kwellen. Maar nu snap ik in ieder geval waarom ze zich tegen me keerde.

'Zo.' Hij stopt abrupt met het strelen van mijn haar. Hij geeft er nu venijnige rukjes aan. 'Dat doet zeker pijn, hè?'

Dat doet het inderdaad.

'Zo, waar was ik gebleven?' Hij blijft eindelijk van me af. 'O ja, jij wilde weten waarom je hier bent, overgeleverd aan mijn goede zorgen.' Hij glimlacht me nu weer toe.

Dan hoor ik een zoevend geluid.

Mijn gezicht brandt. William heeft me geslagen!

Hij haalt uit en slaat me nogmaals met de vlakke hand. 'Alles is jouw schuld. Jij hebt mijn hele leven vergald.'

Waar heeft hij het over?

In zijn ogen verschijnt pure, onversneden haat. 'Ik zal het je nooit vergeven. Ik zal je alles afnemen, zoals je míj alles hebt afgenomen.'

Ik krijg het vermoeden dat hij me met iemand verwart. We kennen elkaar amper een halfjaar.

Hij haalt een stapeltje foto's uit de binnenzak van zijn jasje en houdt me er eentje voor. Daarop staat een man van een jaar of veertig met een klein jongetje op zijn knie.

'Dit ben ik met mijn vader. Zie je hoe ongelukkig hij kijkt? Een week later pleegde hij zelfmoord, hij heeft zichzelf opgehangen. Ik heb hem gevonden. Bungelend aan een touw op zolder. Niet prettig voor een kind, hè?'

Ik kan niets zeggen door de prop in mijn mond, dus ik maak mijn ogen groot en probeer hem troostend aan te kijken, hopend dat hij erin tuint.

'Hoe durf je medelijden met mij te hebben,' roept hij echter woedend. Hij aait de foto van zijn vader en gaat verder met zijn monoloog. 'Mijn moeder hield niet van hem. Ze hield ook niet van mij. Ze gaf geen zier om ons. Maar ze hield wel van dat andere kind. Die vuile hoer heeft een affaire gehad met een getrouwde man voor ze mijn vader ontmoette. En dan nog zwanger ook. Wat heb ik een hekel aan wijven die hun kind weggeven en daar de rest van hun leven over mekkeren.' Zijn gezicht wordt een kwaadaardig masker. 'En maar treuren. Tranen met tuiten huilde ze. Over dat kind. Allemaal krokodillentranen. Mij zag ze niet staan. Toen mijn vader begraven was, stuurde ze me meteen naar een kostschool. Denk je dat ik een fijne jeugd heb gehad? Nou, denk je dat?'

Ditmaal krijg ik een stomp in mijn buik. Zo hard dat ik bijna het bewustzijn verlies. Het duurt even voor ik me hiervan hersteld heb.

William kijkt ondertussen met zichtbaar plezier toe. 'Je weet best waar ik het over heb,' zegt hij zachtjes. 'Wie denk je dat dat kind was?' Dan wordt zijn stem hoog en schel. 'Nou, wie denk je dat dat kind was? Het kind van de alom gerespecteerde Garucci? De Anna Garucci, die haar zoon al die jaren links heeft laten liggen, die zelfs haar eigen kleinkind niet kent.'

Anna Garucci? Is William de zoon van Anna?

William houdt me een volgende foto voor. Daarop staan twee vrouwen, hun armen om elkaar heen. Ze lachen naar de camera. Het duurt even voor ik ze herken. De ene vrouw is Anna, de ander Therese, met een grote hoed op en een jaren zeventig-zonnebril. Een piepjonge Therese.

O, mijn god.

'Die vrouw heeft alles geregeld.' William priemt met een vinger naar Thereses gezicht. 'Met haar reken ik ook nog af. Net zoals ik met die kutkat van je heb gedaan. Maar jij bent het eerst aan de beurt. Zusje van me.'

Zusje?

Therese die 'alles' geregeld heeft?

Er begint me iets te dagen.

William wijst naar de buik van Anna. 'Daar zat jij in. Ze had je moeten laten aborteren. Maar dat druiste tegen mevrouws ethiek in,' zegt hij smalend.

Is Anna Garucci mijn biologische moeder? En William mijn halfbroer?

'Ah, zo te zien begint het tot je door te dringen,' sneert hij. 'Ik heb je direct herkend, want Anna kreeg af en toe een foto van jou toegestuurd. Dat deed die Therese. En die foto's koesterde ze, dat zielige oude wijf. En maar denken dat ze die foto's veilig opgeborgen had. Maar ik wist waar ze lagen en ik heb ze vaak bekeken. Je bent weinig veranderd, je bent nog even lelijk.'

Mijn hoofd tolt.

William stopt de foto's weer in de zak van zijn colbertje. 'En Anna, de egocentrische Anna, is op zoek naar haar bastaard-kind. Omdat ze zo'n spijt heeft. Maar ze geeft geen zier om wat ze mij heeft aangedaan. Ik ben toch ook haar kind?'

William begint te huilen. Een paar seconden maar. Dan ver-schijnt als van de ene op de andere seconde de William, zoals ik hem heb leren kennen. Rustig en kalm. De William, die vrien-delijk, beschaafd en enigszins toonloos praat.

'Ik heb mijn moeder ruim een maand geleden opgezocht. Op aanraden van Ruby. Ruby vond dat ik het met haar moest goedmaken.' William schraapt zijn keel. 'En denk je dat ik ook maar iets van een excuus kreeg? Welnee, mijn moeder,' hij spuugt het woord bijna uit, 'mijn moeder, het rotwijf, gaat haar testament veranderen. Ze wil jou erin opnemen. Dat kan ik na-tuurlijk niet toestaan.'

Er klinkt gebonk. Waar komt dat vandaan? De voordeur? O, laat dat alsjeblieft het geval zijn.

William lijkt zich niet meer van mij of zijn omgeving be-wust. 'Ik ga mijn erfenis niet met je delen. Mooi niet, ik heb er elke cent van verdiend.' Hij barst weer in huilen uit. 'Ik ben haar enige, echte kind. Jíj telt niet.'

Het gebonk wordt harder. Ja, het komt inderdaad uit de richting van de voordeur.

Voor mijn ogen verandert William in een kind, met bijbeho-rend stemmetje. 'Mammie, hou alsjeblieft van me. Ik doe zo mijn best.'

Nu klinkt er luid gekraak. Harde voetstappen. De deur van de slaapkamer vliegt open.

Van Bensdorp staat met getrokken pistool in de deurope-ning.

William merkt het niet eens. Hij is op de grond gaan zitten, zijn handen voor zijn ogen geslagen. 'Mammie,' huilt hij. 'Mammie.'

Van Bensdorp komt de slaapkamer binnen, gevolgd door een blonde agent. Ze rennen op William af, overmeesteren hem en doen hem handboeien om.

'Zet hem maar vast in de politiewagen,' zegt Van Bensdorp. 'Maar let goed op hem. Hij is nu zo mak als een lammetje, maar dat kan elk moment omslaan. Ondertussen kijk ik hier nog even rond.'

Een andere man, in de felgekleurde kleding van een ambulancebroeder, komt naar me toe. Voorzichtig maakt hij de rode das los, haalt de prop uit mijn mond en knipt het touw, waarmee mijn armen en benen vastgebonden zijn, door.

Wanneer ik mijn vingers probeer te bewegen, lukt dat niet. Ze zijn gevoelloos, net als mijn armen en benen.

'Je bloedcirculatie moet weer op gang komen,' legt de broeder uit terwijl hij mijn handen masseert.

In de gang hoor ik een bekende stem.

Jessica!

Ze dringt zich naar binnen, op de voet gevolgd door Therese.

'Je bent veilig,' zegt Jessica. 'Het is voorbij.'

'Maan, kindje van me.' Therese rent op me af.

De ambulancebroeder stapt opzij, zodat ze me kan omhelzen. 'Mag ik er nog even bij, mevrouw?' vraagt hij even later. 'Even kijken of alles in orde met haar is.' Er gaat een stethoscoop op mijn borst, mijn bloeddruk wordt opgenomen. 'Alles is goed. Denk je dat je overeind kan komen? Voorzichtig, hoor.'

Als ik ga zitten, word ik onmiddellijk draaierig.

Gelukkig houdt de broeder me stevig bij de arm. 'Je hebt te lang in één houding gelegen. Probeer je handen nu nog eens te bewegen.'

Mijn polsen tintelen en als ik mijn vingers beweeg, zijn ze stijf, maar er zit beweging in.

De man masseert nu mijn enkels en voeten. 'Voor alle zekerheid nemen we je mee naar het ziekenhuis. Blijf rustig oefenen. Over een kwartier kan je proberen te gaan staan. Maar alles kalm aan, hè.'

'Dank je wel,' mompel ik. Jezus, wat voel ik me slap.

Jessica komt naast me zitten.

'Het spijt me, Jesse,' zeg ik 'Het spijt me zo dat ik je verdacht heb. Kun je me alsjeblieft vergeven?'

Jessica's lippen trillen. 'Ik snap wel waarom je me verdacht. Ik had vanaf de eerste dag eerlijk tegen je moeten zijn, maar ik durfde je de waarheid over mijn moeder niet te vertellen. En ik weet niet hoe je erachter kwam dat Alex me terug wilde, maar hij kreeg pas spijt toen zijn nieuwe vlam hem verlaten had.'

Ik pak haar hand. Dat gaat nog een beetje moeizaam – mijn hele lichaam is nog stijf – maar het lukt.

'Maar jouw wantrouwen heeft je wel gered,' vervolgt Jessica. 'Omdat ik het huis niet in kon, moest ik wel naar Ruby en William toe.'

'Naar Ruby en William?'

'Ja, want ik had het telefoonnummer en het adres van Stef niet.'

Van Bensdorp steekt zijn hoofd om de deur. 'Jan, er is nog een patiënt, een man, en ik krijg hem niet goed wakker. Snel!'

Terwijl de broeder zich de kamer uit haast, vraagt hij Therese en Jessica goed op me te letten.

Stef!

In alle consternatie ben ik Stef vergeten. Ik sta op, om prompt door mijn benen te zakken. Jessica en Therese vangen me op, nemen me tussen hen in mee naar Stef, die op zijn eigen bed ligt. Stukken touw liggen in een hoopje naast hem op de grond.

Van Bensdorp, die bij zijn bed staat, houdt ons tegen. 'Even uit de buurt blijven.'

Stef ligt er bewegingloos en bleek bij.

'Hij is toch niet dood, hè?' vraag ik angstig.

Een geruststellend blik. 'Nee, maar hij gaat steeds weer onder zeil.'

'Maan?' Stefs stem klinkt zacht.

Dan laat Van Bensdorp me begaan. 'Ik ben bij je,' zeg ik.

Stefs ogen vallen weer dicht.

'Kijk, dat bedoel ik nou,' zegt Van Bensdorp. 'Hij moet meteen naar het ziekenhuis.'

Van buiten klinkt geschreeuw. Krankzinnig keihard geschreeuw.

Is dat William? Vol walging keer ik me af.

'Godverdomme, ik houd hem niet,' roept iemand. 'Die vent is zo sterk als een beer.'

Weer kijk ik om. Vanuit Stefs slaapkamer zijn de voordeur en een stukje van de straat zichtbaar.

De deur van de politiewagen staat open en William rent de weg op, mijn blikveld uit. Twee seconden later hoor ik het oorverdovende geluid van gierende banden. Een klap en brekend glas.

'Godverdomme,' roept iemand. 'Bel nog een ambulance.'

27

Thereses Smart stopt voor de ingang van het ziekenhuis. 'Stappen jullie maar vast uit, dan zoek ik een parkeerplaats.'

Jessica en ik lopen de klinisch witte hal in en krijgen nogal wat verbaasde blikken toegeworpen. Jessica draagt een nauwsluitende, rode strapless jurk, ik een lange oranje zijden japon met een grote split. In de grote kledingzak die aan mijn arm bungelt, zit het pak voor Stef. Over twee uur is de feestelijke opening van mijn tentoonstelling.

Stef, die ons in zijn kamer zit op te wachten, fluit. 'Jezus, heb ik even geluk dat ik door twee van die kanjers word opgehaald.'

Hij ziet nog wat witjes rond de neus, maar hij is er weer helemaal bovenop. Zijn maag is leeggepompt en volgens de doktoren mag hij van geluk spreken dat zijn lever niet beschadigd is. Hij had bijna drie keer zoveel valium en alcohol in zijn bloed als ik. Vergeleken met hem ben ik er gemakkelijk vanaf gekomen: ik ben alleen een dagje slaperig geweest.

Stef staat op en omhelst eerst mij, dan Jessica. 'Mag ik je plechtig bedanken,' zegt hij tegen haar. 'Ik heb begrepen dat de politie door jouw toedoen zo snel ter plaatse was. Wie weet hoe het anders met ons was afgelopen! Ik wil het hele verhaal horen, van a tot z.' Hij omhelst haar nog een keer.

Jessica straalt.

Gisternacht hebben Jessica en ik uren gepraat, dus ik weet ondertussen wat er gebeurd is, terwijl Stef en ik vastgebonden op bed lagen. Toch zit ik op het puntje van mijn stoel wanneer Jessica begint te vertellen.

'Ik ben bijna 24 uur bij mijn moeder in het ziekenhuis gebleven, en toen ik thuiskwam stond ik voor een dichte deur.' Er trekt een vleug verdriet over haar gezicht.

Stef en ik kijken beschaamd naar de grond.

Jessica lijkt het niet op te merken. 'Maan had op mijn voicemail ingesproken dat ze bij jou was, maar ik had jouw telefoonnummer en adres niet. Ik kon Therese ook niet bereiken, dus heb ik bij Ruby en William aangebeld.' Ze friemelt aan haar haren. 'Ruby was thuis. Ze wilde me eerst niet binnenlaten, tot ik haar vertelde dat ik buitengesloten was, omdat Maan de alarmcode had veranderd. Toen werd ze heel lief voor me, en zette ze zelfs een kopje thee.'

'William had haar wijsgemaakt dat we een verhouding hadden,' flap ik eruit. 'Ruby voelde zich verraden door mij en zag een lotgenoot in Jesse.'

Jessica neemt het verhaal weer over. 'Ruby had die dag weinig valium genomen en ze was vrij helder. Rustig zelfs. Maar toen ik haar het telefoonnummer van Stef vroeg, raakte ze opnieuw geïrriteerd. Begrijpelijk, want William was de avond ervoor van huis vertrokken om Stef een lift naar huis te geven. "Sindsdien heb ik niets meer van die klootzak gehoord," zei Ruby. "Hij komt en gaat, zoals het hem belieft. Hij houdt geen rekening meer met zijn gezin."'

Stef buigt zich dichter naar Jessica toe. 'Heb je verteld dat Maan ook in die auto zat?'

'Nee, ik was bang dat Ruby dan helemaal door zou draaien. Enfin, omdat ze haar adressenboekje niet kon vinden, gingen we naar de werkkamer van William. Er hing een heel klein slotje op de deur. "Dat hing er gistermiddag nog niet," riep Ruby woedend. "Ik heb het helemaal gehad met dat stiekeme gedoe." Ze forceerde het slot. En toen zagen we al die foto's aan de muur...'

'Foto's?' vraagt Stef.

'Foto's van Maan. De hele kamer hing er vol mee. Maan op straat. Maan in haar tuin, Maan op haar fiets, Maan met

McDonalds. Het was doodeng om te zien. Ruby ging door het lint. "Zie je wel dat ze een verhouding hebben?" riep ze. "Zie je wel. Nou heb ik er genoeg van. Ik wil scheiden. Ons huwelijk stelt toch al jaren niets meer voor, ik ben alleen voor Claartje bij hem gebleven."'

'Ik hoop dat je haar duidelijk hebt kunnen maken dat er geen sprake was van een verhouding?' zegt Stef.

'Uiteindelijk bleek dat niet nodig.'

'Niet nodig?'

'Nee. Op zijn bureau lag namelijk een presse-papier. Eentje van rood materiaal. Gesmolten zuurtjes.'

Stef fluit tussen zijn tanden. 'Een stuk van de rode jurk. Keihard bewijs.'

'Eronder lag het pornografische plaatje dat gebruikt is voor de porno-e-mail, en daar wist Ruby natuurlijk nog niets vanaf. Toen ik haar vertelde wat Maan allemaal te verduren heeft gehad, viel ook voor haar de puzzel in elkaar. Het was hartverscheurend om te zien dat Ruby op dat moment besefte dat haar eigen man de stalker van Maan was.'

'Arme Ruby,' zegt Stef. 'En toen?'

'Onder de pornoboekjes lag een rekening van jouw garage met je adres en telefoonnummer erop. "Vanavond pak ik dat rode secreet", stond er in ballpoint op gekrabbeld. Ik heb direct de politie gebeld. En daarna Therese, die nam nu gelukkig wel op. De rest weten jullie.'

'Wat een verhaal,' zegt Stef. Hij laat zijn adem langzaam ontsnappen. 'Hopelijk sluiten ze William de rest van zijn leven op. Die jongen is levensgevaarlijk.'

'Dat hoeft niet meer,' zegt Therese terwijl ze de kamer binnenkomt. Zij ziet er in haar zwartleren mantelpakje zo mogelijk nog opvallender uit dan wij. Net als Jessica is ze hetzelfde gekleed als haar portret. De oranje jurk die ik aanheb, wordt ook 'gedragen' door een van de dames op doek.

Stef gaapt Therese met open mond aan. Ze loopt op hem af, legt haar hand onder zijn kin en duwt zijn mond dicht. 'Dat pakje draag ik alleen omdat Maan het zo graag wil.'

'Bent u nog single, mevrouw?' vraagt Stef.

Ze lacht. Dan wordt haar uitdrukking weer ernstig. 'William is onder een auto gerend, toen hij probeerde te ontsnappen. Hij is onderweg naar het ziekenhuis overleden.'

'Tyfus,' zegt Stef. Hij krabt op zijn hoofd. 'Maar ik snap nog steeds niet waarom William het op Maan gemunt had. Was hij verliefd op haar?'

Therese kijkt mij aan. 'Jouw beurt, Maan.'

Zo beknopt mogelijk vat ik Williams verhaal samen. 'William is de zoon van Anna Garucci, een van de invloedrijkste vrouwen uit de kunstwereld.'

'Maar wat heeft dat nou met jou te maken?'

'Anna heeft voor haar huwelijk een kind gebaard en ter adoptie afgestaan. Daar is ze nooit mee in het reine gekomen. Ze is dat kind op afstand blijven volgen, en kocht zelfs vier van haar kunstwerken.'

'Jezus. Dat kind ben jij!' Stef kan zijn verbazing amper verbergen.

'Ja.'

'Hoe wist William dat jij zijn halfzusje bent?'

'Hij heeft haar herkend van de foto's die ik Anna af en toe stuurde,' zegt Therese. 'Dat was tegen de afspraak, Anna zou zich volledig terugtrekken, maar ze had me erom gesmeekt...'

Stef kijkt haar niet-begrijpend aan.

'Anna en ik studeerden samen. Toen Anna zwanger werd, heb ik haar aan Maans ouders voorgesteld.'

'Wist jij dat William de zoon van Anna was?' vraagt Stef.

'Nee, dat was voor mij ook een verrassing.' Therese pakt de kledingzak, haalt het pak voor Stef eruit en legt het op zijn bed. 'Ik wist wel dat Anna het contact met Maan wilde herstellen. Ze heeft Maan in haar testament opgenomen, iets wat voor William onverdraaglijk was. Dat, plus het feit dat zijn baan op de tocht stond, dat hij een kind door een miskraam had verloren en zijn huwelijk aan het wankelen was, zorgde ervoor dat William doordraaide.'

'Het ging dus om geld.' Stef kijkt afkeurend.

Therese slaakt een zucht. 'Nee, schat. Zo simpel is het niet. Het gaat om verdriet, om niet erkend en bemind worden als kind. William zal van nature misschien instabiel zijn geweest, maar het zijn de omstandigheden tijdens zijn jeugd die hem gevormd hebben.'

We zijn allemaal stil. Ik bedenk me dat ik van geluk mag spreken dat ik bij 'mijn ouders' terecht ben gekomen. Ik heb een fijner leven gehad dan William.

'Hoe moet het nou verder met Ruby en Claartje?' vraagt Jessica.

'Ik heb Ruby en Claartje vanochtend naar Anna gebracht.'

'Naar Anna?' roep ik verbaasd.

'Dat is immers Claartjes oma.' Therese kijkt me vergoelijkend aan. 'Ik weet dat jij moeite met haar hebt, maar Anna wil alles doen om haar schoondochter en kleinkind te helpen. En ze hebben elkaar nodig, Maan. Claartje heeft haar oma nodig.'

Even weet ik niet hoe ik moet reageren. 'Ik ben blij dat ze in goede handen zijn,' zeg ik uiteindelijk.

Therese geeft me een goedkeurende blik. 'Ruby en Claartje gaan een zware tijd tegemoet. Maar Ruby is ook opgelucht, ze heeft al die tijd aangevoeld dat er iets behoorlijk mis was met William. En hun huwelijk was al slecht. Het belangrijkste is nu dat Claartje zo ongeschonden mogelijk door deze periode heen komt.'

'Tyfus,' zegt Stef voor de zoveelste keer.

'Als je dat nog een keer zegt, ga ik gillen,' roep ik geïrriteerd.

'Geen ruzie maken, kinderen.' Therese klapt in haar handen. 'Stef, trek nou eindelijk dat pak aan. Ik wil niet te laat komen op de opening van mijn nicht!'

Een maand later

De zon schijnt vrolijk. Het grind van het pad dat over de begraafplaats slingert, knerpt onder mijn voeten. Ik ben gekomen om de afgelopen periode af te sluiten, én om afscheid van William te nemen. Met gemengde gevoelens, want hoezeer hij me ook gekweld heeft, toch voel ik ook medeleven. Niet voor de man die me stalkte, maar voor het kind dat hij was. Een eenzaam, ongelukkig kind. En ondanks alles mijn halfbroer.

Lopend langs de graven, sommige bedekt met bloemen, andere versierd met kunstwerken, zoals een marmeren engeltje voor een te vroeg overleden kind, ervaar ik de rust die van deze plek uitgaat.

Ik heb hectische weken achter de rug. De opening van mijn tentoonstelling was een doorslaand succes. Of de krantenartikelen over mijn 'kidnapping' daaraan bijgedragen hebben, weet ik niet. Het feit dat Anna Garucci mijn moeder is en dat William mijn halfbroer was, is gelukkig niet in de openbaarheid gekomen. Dat gaat niemand wat aan.

Met Ruby gaat het redelijk. Zij en Claartje zijn weer thuis en bezoeken twee keer per week een psycholoog.

En Jessica? Ach, die lieve Jesse. Over een halfuur komt ze me ophalen en dan gaan we samen bij haar moeder op bezoek.

Net als William heeft Jessica een vreselijke jeugd gehad. Een vader die verdween toen ze twee was, en een moeder die eigenlijk niet in staat was moeder te zijn. Jessica heeft zich van kinds af aan inferieur gevoeld. Onzeker, 'niet goed genoeg'. Zo onzeker dat Alex dacht dat ze meteen naar hem terug zou komen rennen, nadat het uit was met zijn nieuwe vlam. Daar vergiste hij zich gelukkig in.

Ik voel me nog steeds schuldig dat ik haar niet vertrouwd heb, dat ik zelfs stiekem haar huis heb doorzocht en haar post heb gelezen, hoewel ze me het niet kwalijk neemt.

'Ik deed ook vreemd,' zei ze. 'Ik zou ook argwanend zijn geweest. En je stond onder grote druk.'

Rustig slenter ik door en volg de bewegwijzering. De portier die bij de ingang van de begraafplaats in een klein gebouwtje zit, heeft voor me opgezocht dat William in graf 1899 is begraven.

Vlak bij Williams laatste rustplaats staat een bankje. Er zit een in het zwart geklede vrouw op, haar grijze haren glanzen in het zonlicht.

Anna.

Wanneer ik naast haar ga zitten, heft ze haar hoofd. 'Manuela,' zegt ze zachtjes. 'Het spijt me zo. Alles spijt me zo. Ik hoop dat je me ooit kan vergeven.'

Ik wil het niet horen en hang tegelijkertijd aan haar lippen.

'Er is sinds je geboorte geen dag voorbijgegaan dat ik niet aan je heb gedacht. Dat ik je afgestaan heb, betreur ik nog steeds.' Met zachte stem beschrijft ze de periode van haar zwangerschap, en hoe ze via Therese mijn ouders leerde kennen. 'Het waren geweldige mensen, ze wilden dolgraag een kind en konden je een warm, veilig nest bieden.'

Ze vouwt haar handen in elkaar, alsof ze bidt. 'Ik was jong en bang, en omdat ik altijd moeite heb gehad met mijn beslissing en daar met niemand over kon praten, raakte ik verbitterd.' Ze recht haar rug. 'Maar dat maakt niet goed hoe ik met mijn echtgenoot en William ben omgegaan.'

Ik onderbreek haar. 'Heb je mijn kunstwerken gekocht omdat ik je dochter ben?'

'In eerste instantie, ja. Maar je bent goed en je hebt het in je om nog beter te worden.'

'Ik wil geen liefdadigheid.'

Anna knikt begrijpend.

'En er is nog iets wat ik wil weten,' ga ik verder. 'Wie was mijn vader?'

'Een diplomaat. Hij is drie jaar geleden overleden. Het was echte liefde, in ieder geval van mijn kant, maar hij was getrouwd. Hij heeft nooit geweten dat ik zwanger was, want ik wilde niet dat hij uit verplichting voor mij zou kiezen.'

Van onder mijn wimpers neem ik haar op, op zoek naar gelijkenissen. Hoe ik mijn best ook doe, ik zie ze niet. Misschien wil ik ze niet zien.

Anna staat op. Eventjes, alsof ze bang is dat ik haar af zal schudden, streelt ze mijn haar. 'Ik begrijp dat je veel moet verwerken. En dat je niet wilt dat ik deel uitmaak van je leven, accepteer ik ook. Maar mocht je ooit van gedachten veranderen...'

Ik kijk haar na, terwijl ze wegloopt. Een eenzame vrouw met afhangende schouders. Pas wanneer ze uit het zicht verdwenen is, leg ik mijn bos viooltjes op het graf van William.

– ZILVER POCKETS LEESTIP –

Yoyo van Gemerde
SUSHI & CHARDONNAY

Het valt niet mee een hippe, geslaagde Amsterdamse van (bijna) dertig te zijn.
Nicki, die niets liever wil dan beroemd worden, en haar beste vriendin Petra, die carrière maakt bij een vrouwentijdschrift, ondervinden dit aan den lijve.
Met behulp van mobieltjes, afhaalmaaltijden, zelfhulpboeken en soaps banen ze zich een weg door de glitter en het klatergoud van het moderne leven.
Sushi & Chardonnay is een hilarische roman over een stel eigenwijze meiden, die al struikelend van crisis naar crisis langzaam grip op hun leven weten te krijgen.

'Een herkenbaar en onweerstaanbaar boek.' *Flair*

'*Sushi & Chardonnay* is een mix van *Sex & the City*, *Bridget Jones* en *Friends*: smullen dus.' *Cosmopolitan*

Yoyo van Gemerde woont en werkt in Amsterdam. Ze is freelance journaliste voor diverse vrouwenbladen.

ZILVER POCKET 233
ISBN 978 90 417 6012 8